KB142142

래빗

래빗

고혜원 장편소설

한국전쟁 당시,
'래빗'이라고 불리던
소녀 첩보원들이 있었다.

〔1부〕

〔홍주의 마을 뒷산, 여름〕

또 허탕이었다. 홍주의 망태기에는 별 볼 일 없는 값싼 약초
가 몇몇 있을 뿐이었다. 한여름의 산에서 땀을 뻘뻘 흘리던 홍
주는 잔뜩 기운이 빠져서는 산 아래로 향했다. 바로 그때였다.
부스럭거리는 소리와 함께 영롱하게 붉은 눈을 가진 흰토끼
가 나타났다. 홍주는 그 붉은 눈에 홀린 듯 조심스레 다가섰고,
흰토끼는 홍주가 다가오기를 기다리는 듯 보였다. 홍주가 천
천히 다가가 둘 사이의 거리가 한 뼘 정도 남았을 때, 흰토끼는
홀랑 숲속으로 뛰어갔다. 오기가 생긴 홍주는 흰토끼를 쫓았
다. 까슬한 나뭇가지의 끝이 홍주의 뺨을 살짝 스쳤다. 점점 빨

라지는 흰토끼의 꼬랑지를 보며 홍주는 쉼 없이 달렸다. 나무가 빽빽한 산중에 홍주의 거친 숨소리만 울려 퍼지는 듯했다. 가슴을 크게 부풀이며 달려서야 도망가는 흰토끼와 세 발짝 거리까지 간신히 가닿을 수 있었다. 점점 마을과는 멀어졌지만, 이제 홍주의 발은 자신의 의지와 달리 계속 움직이고 있었다. 그렇게 흰토끼를 따라가다 마주한 것은 흰토끼의 붉은 눈처럼 붉은 열매였다.

홍주는 초록색 잎들 사이에 반짝이는 붉은 열매를 보고 눈을 의심했다. 오랜만에 찾아온 행운이었다. 수풀 속으로 홀랑 뛰어 들어간 흰토끼는 홍주의 관심사 밖으로 밀려났다. 영롱한 붉은 열매를 보며 홍주는 입맛을 다실 수밖에 없었다. 산삼 한 뿌리면 오늘 저녁은 푸짐하게 먹을 터였고, 게다가 동생인 동주가 먹고 싶다던 바람떡도 사 갈 수 있다. 홍주는 잔뜩 신나서 자신을 산삼에게 데려다준 흰토끼가 사라진 수풀 속을 향해 90도로 허리를 꺾어 인사했다.

"산신님이셨군요. 이런 귀한 분을 몰라보고……. 제가 잠시 미쳤었나 봅니다. 저의 무례를 용서하세요. 오늘 주신 은혜 아주 감사히 받겠습니다!"

홍주는 몇 번이고 산속이 울리게 감사 인사를 했다. 그것이 홍주가 심마니를 하며 배운 예의였다. 옷은 후줄근하고, 머리도 산발에, 온몸에 흙이 묻었을지라도 지키는 예의. 이 산속에 있는 것 중에 흙에서 자라지 않은 것이 어디에 있던가. 홍주는 처음 심마니를 시작할 때도, 처음 산삼을 발견했을 때도, 몇 번이고 그런 예의를 되새겼다. 함부로 누군가의 것을 빼앗을 수 없다는 진리. 어릴 적에 집을 떠나 생사도 모르는 아버지가 홍주에게 남긴 유산이었다.

걸음을 재촉해 붉은 열매가 있는 곳으로 향하며 홍주는 콧노래를 불렀다. 몇 달을 바라던 영롱한 붉은 열매, 그 아래에 있는 보물이 다치지 않게 조심히 흙을 걷어내기 시작했다. 손끝의 감각을 세워 조금씩 흙을 덜어냈다. 성급하면 귀한 뿌리가 다칠 터였다. 홍주는 침착하자고 속으로 되뇌었다. 땀이 비오듯 떨어지는 여름이지만, 이 순간만큼은 홍주에게 더위는 아무것도 아니었다. 신중하게, 또 부드럽게 다치지 않게 산삼한 뿌리를 캐냈다. 한눈에 봐도 7년은 훌쩍 넘은 듯한 산삼이었다. 제대로 심봤다! 홍주는 기분 좋게 망태기에 산삼을 넣었다. 그것만으로 마음이 풍요로워짐을 느꼈다.

"그래, 이게 부자의 마음인 거지. 창고에 쌀 몇 가마가 있는 그런 느낌……"

그때, 사라졌던 흰토끼가 홍주의 앞에 나타났다. 아니 이제는 토끼님이었다. 홍주는 한 번 더 직각으로 허리를 숙이며 감사를 표현했다. 이 정도 크기의 산삼이라면 몇 번이고 인사할 수 있었다. 토끼님은 그 인사를 받는 듯, 고개를 까닥이더니, 또다시 홀랑 뛰어갔다. 홍주는 혹시나 또 다른 산삼이 있는 곳인가 하는 마음에 그 뒤를 따랐다. 벅찬 숨을 몰아쉬며 토끼님을 따라 도착한 곳은 산 정상에 가까운 절벽이었다. 분명 토끼님이 향한 곳은 이 방향이 맞는데, 홍주는 절벽 위를 이리저리 살펴보아도 흰토끼 털 한 가닥도 찾을 수 없었다. 대신 오랜만에 올라온 산 정상에서 홍주는 자신의 마을을 내려다보았다. 절벽 위 시원한 바람에 땀은 다 식어버리고, 홍주는 평화로운 마을을 바라보며 미소 지었다. 고된 시간을 견딜 수 있게 하는 건, 그런 것들이었다. 따뜻한 밥, 엄마의 웃음, 동생의 노랫소리, 시원한 얼음물 같은 것들. 마음 편히 웃어본 것이 언제였더라. 홍주는 다 낡아빠진 자신의 옷소매를 보며 생각했다. 여유라는 것이 참 뭐기에 사람을 이리도 편안하게 만들까.

그리고 그 생각이 멈춘 건, 산 정상을 스치고 지나가는 비행기 소리 때문이었다. 산중의 모든 소리가 비행기 소리에 먹혔다. 홍주는 하늘을 올려다보았다. 비행기라는 물체를 실제로 본 건 살면서 처음이었다.

눈이 커다래진 홍주는 동주에게 비행기가 어떻게 생겼는지 말해줘야겠다고 생각하며 비행기를 꼼꼼하게 살폈다. 회색 철

판이 '비행기'라고 부르는 것을 둘러싸고 있었다.

"저게 말로만 듣던 비행기구나. 저렇게 무거운 게 어떻게 하늘을 날지?"

홍주는 자신을 스쳐 지나가는 비행기를 향해 팔을 좌우로 흔들었다. "안녕!"이라고 크게 외치면서 말이다. 그렇게 산 정상을 지난 비행기는 홍주의 마을 위에 폭탄을 떨어뜨렸다. 순식간이었다. 그 직전까지 해맑게 웃고 있던 홍주의 얼굴이 굳었다. 홍주는 얼마 전 어렴풋이 들었던 이야기를 떠올렸다. 전쟁이 나서 사람들이 많이 죽었다는 이야기, 피란민들이 아래로 내려오고 있다는 이야기. 홍주는 그것이 다른 세상 속의 이야기라고만 생각했다. 폭탄은 큰 소리를 내며 순식간에 마을을 불바다로 만들었고, 마을을 스쳐 간 비행기는 이미 없어진 후였다. 그저 떠돌던 풍문은 홍주에게 현실이 되었다.

홍주는 눈물과 땀이 뒤섞여 엉망이 된 얼굴로 빠르게 산 아래로 향했다.

때는, 1950년 여름이었다.

〔한국전쟁 참모회의실, 여름〕

더위에 지친 것인지, 장시간 회의에 지친 것인지, 회의실에 앉아 있는 미군과 국군 모두 옅은 한숨만 쉬었다. 기나긴 회의의 마지막 안건을 꺼낸 건, 미군 제8240부대 산하 켈로 부대 소속 최대희 소령이었다.

"……마지막으로, 저희 켈로 부대의 첩보 대원으로 소녀들이 필요합니다."

그 말에 자리에 있던 모두가 당황했다. 갑자기 소녀들이라니? 같은 켈로 부대 소속 강지원 소위도 무슨 말인가 싶었다. 사람들의 당황한 표정과 분위기를 즐기는 듯, 최대희 소령은 천천히 말을 이었다.

"지금 우리는 궁지에 몰린 쥐입니다. 뭐든 해야 하지 않습니까? 그 방법이 뭐가 됐든 말입니다. 이 전쟁 이겨야죠, 무조건! 그러니 소녀들이 필요하다는 것입니다. 저희는 지금 아무런 의심을 받지 않고 적진을 돌아다닐 첩보원이 필요합니다. 누가 전쟁 중에 어린 여자애들을 의심합니까? 오히려 보호하지 않겠습니까? 소녀들이야말로 가장 효율적인 정보원들입니다."

통역병들은 최대희 소령의 말을 빠르게 옮겼다. 미군 사령관들이 고개를 끄덕였다. 과거 외국의 어느 전쟁에서도 소녀 첩보원들이 활동한 적이 있었고, 그 결과는 아주 성공적이었기 때문이다. 다른 사령관들도 최대희 소령의 이야기를 듣자, 수긍할 수밖에 없었다. 연합군은 첩보원 역할을 하기엔 인종 자체가 다르고, 젊은 남성들은 적군이 가장 경계하는 부류의 사람들이었다. '가장 효율적인 정보원'이라는 말이 참으로 전쟁 중에 적합하게 다가왔다. 모두가 고개를 끄덕일 때, 한 사람의 목소리가 장내를 갈랐다.

"그래도 위험한 작전에, 군사교육도 제대로 받지 않은 어린 소녀들을 투입할 수는 없습니다. 소령님께서도 말씀하시지 않으셨습니까? 적군이 소녀들을 의심하는 대신 보호할 거라고 말입니다. 우리도 보호해야 합니다."

그 분위기에서도 반대 의견을 낸 건 강지원 소위였다. 짧은 머리에 햇살에 까맣게 탄 피부, 앉아 있는 모습도 각 잡힌 뼛속까지 군인인 사람이었다. 그의 아버지는 독립군이었다. 어린 시절부터 집을 비운 아버지와는 함께했던 시간보다 떨어져 있던 시간이 더 많았지만, 피는 진했다. 아버지가 독립군으로 활동해 함경도에서 자란 지원은 덕분에 북한군으로도 위장할 수 있었다. 지금 그는 이성적인 판단력을 기반으로 많은 작전을 성공으로 이끈, 켈로 부대에서 가장 활약하고 있는 첩보 대원 중 한 명이었다. 최대희 소령은 지원의 맑고 검은 눈동자를 뚫어져라 쳐다봤다. 무언가 마음에 안 드는 듯, 눈썹 한쪽이 위로 길게 올라갔다. 반면, 지원의 눈썹은 곧은 일자였다.

"소위에게 여동생이 있다고 했지. 그 여동생을 전쟁에서 보호하려면 어떻게 해야겠나?"

최대희 소령의 입에서 등장한 여동생이라는 말에 지원의 곧은 일자 눈썹이 움찔했다. 켈로 부대에 속한 탓에 중공군 점령 지역에 있던 여동생을 구출해 올 수 있었다. 그리고 그 뒤를 봐준 것이 최대희 소령이었다. 지원은 침을 꼴깍 삼키고 답했다.

"……이 전쟁이 끝나야 합니다."

"잘 알고 있군. 이 전쟁에서 가장 중요한 건 정보라는 거, 너무나 잘 알고 있지 않나? 의심받지 않는 첩보원, 얼마나 효율적인가?"

지원은 대안을 찾지 못하고 생각에 골똘히 빠져버렸다. 잠깐의 정적을 깬 건, 여자 의용군 소속 고우인 소령이었다.

"몇 명이 필요합니까?"

최대희 소령은 입꼬리를 길게 늘여 웃으며 말했다.

"많으면 많을수록 좋겠죠."

고우인 소령의 입가는 딱딱하게 굳어 있었다.

"나라를 지키는 일이라고 한다면 소녀들도 자원합니다. 이미 2천여 명의 여성들이 여자 의용군에 자원했으니까요. 저희여자 의용군 측에서 해당 부대에 갈 소녀 첩보원들도 함께 모집하도록 하겠습니다."

그 말을 끝으로 참모회의가 끝났다.

빈 회의실에 남은 건 고우인 소령과 최대희 소령이었다. 최대희 소령은 회의실의 이곳저곳을 살피며 어떠한 말도 하지 않고 서성거릴 뿐이었다. 고우인 소령은 회의실 곳곳을 살피고 있는 최대희 소령을 바라보았다. 오랜만에 보는 얼굴이었지만, 마음에 안 드는 것은 이전과 똑같았다. 기다리는 이에게 제대로 된 설명 없이 자기가 해야 하는 일부터 하는 것도 여전했다. 최대희 소령은 그렇게 한참 동안 창문과 회의실 문, 책상 아래를 다 돌아보고 나서야 이야기를 시작했다.

"자, 안전을 확인했으니, 이야기를 시작해 볼까요?"

"무슨 볼일이 남으셨습니까? 저희 측에서 최대한 협조한다고 말씀드렸습니다만……."

"아, 저희 부대 여군 모집 시에 배우나, 연기에 능한 사람도 있으면 좋겠습니다. 그 사람들은 비밀리에 말입니다."

이 상황이 흥미롭다는 듯이 최대희 소령의 눈빛이 반짝였다. 고우인은 그런 최대희의 눈빛을 똑바로 바라보았다.

'이 상황이 재미있나.'

고우인 소령의 미간이 살짝 찌푸려졌다.

"그들은 단순한 첩보원이 아니겠군요?"

"적군의 최측근이 될 첩자도 필요하니까요."

"계획은 있으십니까?"

"극비입니다."

최대희 소령은 장난치듯 능글맞게 대꾸했고, 고우인 소령은 최대희 소령의 그런 태도에 한마디로 질렸다. 전쟁을 장난처럼 대하는 게, 딱 질색이었다.

"알겠습니다."

고우인 소령이 크게 토 달지 않고 알겠다고 답하자 최대희 소령이 소기의 목적을 달성했다는 듯, 싱긋 미소를 지었다. 만족스러운 결론이었다. 이제 가볍게 묵례하고 그 방을 나갈 참이었다. 그런 최대희 소령을 붙잡은 건, 고우인 소령의 목소리였다.

"전쟁이 효율적인 건 좋지만, 소중하지 않은 목숨은 없습니다. 군인들을 효율로 따지지 마세요. 최대희 소령."

최대희 소령은 쓰게 웃었다. 고우인 소령이 최대희 소령을 싫어하는 만큼, 최대희 소령 역시 처음부터 고우인 소령의 목소리를 참 싫어했다. 항상 저만 정의를 따르는 것처럼 죄책감을 느끼게 하는 목소리였다. 굳이 대놓고 표현하지 않아도 '인간적으로 행동하세요. 늘 지켜보고 있습니다.'는 말이 자연스레 들려오는 것 같아 듣기 거북했다. 최대희 소령에게 전쟁에서 옳은 선택은 승리뿐이고, 그 승리를 위해서라면 어떠한 희생도 감수하는 것이 맞았다. 그에겐 그것이 바로 지휘관의 소명이었다.

"그 말마따나 소중하지 않은 목숨이 없으니, 모두의 죽음은 평등합니다. 누가 죽던 그건 어쩔 수 없는 운명이 아닙니까? 어쨌든 우리는 이 전쟁에서 이기는 것이 목표입니다. 군인들의 희생은 유감스럽지만, 대의를 위한 희생은 전쟁에서 필수 조건이죠. 고우인 소령은 마음 약하게 굴지 마세요. 전쟁 중입니다."

능글맞게 웃으며 답했지만, 군인 특유의 단호함이 스며 있는 말투였다. 그 말을 들은 고우인 소령 역시 웃으며 받아쳤다.

"마음이 약한 게 아니라 인간적인 겁니다. 최대희 소령은 그 둘을 종종 헷갈리시더라고요. 전쟁을 핑계 삼아 인간성을 버리진 마십시오. 그런 건 승리가 아니라 학살이라고 하는 것입니다."

몇 번을 만나도 웃으며 절대로 한 마디도 안 지는, 둘은 참 맞지 않는 사이였다.

"어쨌든 군인들이 모집되면 기초 군사훈련은 저희 측에서 맡도록 하겠습니다."

"우리도 기초 군사훈련도 하지 않고 적진에 보낼 생각은 아니었어."

"예, 그러시겠죠. 켈로 부대로 차출될 여군 명단이 작성되면 한 번에 보내드리겠습니다. 그러면 먼저 가보겠습니다."

고우인 소령은 자신의 할 말을 모두 마치자마자, 오른쪽 군화를 들어 보였다. 군화 바닥 아래엔 부서진 도청 장치가 있었다. 최대희 소령이 미처 발견하지 못한 도청 장치였다. 두 사람이 대화를 시작하기 전에 진작에 부숴버린 도청 장치를 보이며 고우인 소령이 의기양양하게 최대희 소령을 바라보자, 최대희 소령은 불쾌할 따름이었다. 고우인 소령은 최대희 소령을 지나쳐 먼저 회의실을 나섰다. 최대희 소령의 능글맞던 미소가 싹 가셨다.

"독한 년……."

3. 독한 년

홍주

〔3년 후, 켈로 부대 전방기지, 겨울〕

산속에 쌓인 눈을 저벅저벅 헤치고 걸어오는 인영에 경계 근무를 서고 있던 군인들이 소총을 들었다. 점점 다가오는 인영과의 거리가 가까워질수록 보초병들 사이에 긴장감이 흘렀다. 내리는 눈이 땅에 닿는 소리가 들릴 정도의 정적이었다. 쌓인 눈 위로 걸어오고 있을 인영의 발소리는 그 정적만큼 고요했다. 가볍고 조심스러운 걸음이었다. 보초병들은 총구를 점차 가까워지는 검은 인영에 조준했다. 보초병들의 조준점에 닿아 있던 검은 인영이 갑자기 멈춰서더니 저고리를 풀어내었다. 검은 인영은 자기 저고리 안 가슴팍에 있던 명패를 꺼내 보초병들에게 흔들어 보였다. 은색의 반짝이는 것. 보초병들은 그 명패의 존재를 확인하고 나서야 총을 내렸다. 그새 검은 인영이 가까이 다가와 '서홍주'라고 적힌 명패를 보초병들 눈앞에 들이밀었다.

"이쯤 되면 내 얼굴만 봐도 통과시켜 줘야 하는 거 아닌가요. 매번 이렇게 확인해야 해요?"

홍주는 잔뜩 지친 목소리로 보초병들에게 말했지만, 돌아오는 건 딱딱한 말이었다.

"규정입니다."

홍주는 한숨을 푹 쉬며 생각했다. 그 빌어먹을 규정이 피 흘리는 아군보다 귀한지 말이다. 매번 귀환하며 아군 기지를 둘러싸고 있는 소나무들을 바라볼 때면, 땅부터 하늘까지 곧게 뻗은 나무줄기가 철창을 떠올리게 했다. 밖으로부터 안을 지키는 것인지, 안에 갇히는 것인지가 모호했다. 그래서 홍주는 무사히 돌아온 것에 안도하다가도 사실 이 소나무 숲길은 아군도 적군도 아닌 회색 지대가 아닌가 싶을 때면 별안간 손끝이 떨려왔다. 그 소나무 숲길을 건너 기지에 도착했을 때, 혹시라도 자신을 알아보지 못한 아군의 총에 맞는 것은 아닐까 하는 걱정이 들었던 순간도 많았다. 그 숲길은 그런 길이니까. 분명 기지에서 쫓겨났던 소녀들은 이 소나무 숲길을 걸었을 것이다. 아군이었다가도 적군이 되어버리는, 그런 길. 하늘로 곧게 치솟은 소나무는 불순한 마음을 걸러내는 거름망 같은 것이었다.

"네, 전 규정에 따라 '그곳'으로 갈게요. 소위님한테 보고해 주세요."

홍주가 입구를 통과해 그곳으로 향하는 동안, 뒤에서 속닥거리는 보초병들의 이야기가 들려왔다. 홍주의 귀에 딱지가 앉도록 들어온 말이었다.

"……또 살아왔네. 이 정도면 무서운데?"

"우리 부대 독한 년이잖아."

'독한 년'. 홍주는 켈로 부대 내에서 가장 오래 살아남은 소녀로 통했다. 홍주와 함께 부대에 입대했었던 소녀들은 이제 아무도 찾아볼 수 없다. 작전 중에, 혹은 또 다른 이유로…… 다시는 그 소녀들을 볼 수 없었다. 처음 켈로 부대에 들어온 스무 명의 소녀 중 살아남은 건 홍주뿐이었고, 이는 처음엔 대단하다며 칭찬받을 일이었다가, 어느 순간부터 '독한 년'이라고 불리는 이유가 되어 있었다. 사지에 맨몸으로 뛰어들어 홀로 살아남은 독한 년. 홍주는 그 말이 이제 익숙했다. 그래서 홍주는 늘 자신이 모순 속에 산다고 생각했다. 죽고 싶어 들어온 전쟁터에서 이리 끈질기게도 살아남고 있으니. 이 묘한 괴리감에,

아직 세상에 살아야 할 이유가 남았나 싶었다. 그렇다면 그 이유가 무엇인지, 홍주는 계속 질문할 수밖에 없었다. 왜 이렇게 계속 살아남니. 그 아이들의 죽음을 뒤로한 채 왜 계속 살아남고 있고, 왜 계속 래빗으로 살고 있니.

"여기로 들어와!"

'그곳'을 지키고 있던 보초병 하나가 홍주를 향해 손짓했다. 찬바람에 피부가 베일 것만 같은 추운 겨울, 얼어붙은 땅을 디디는 홍주의 발은 동상인 듯 붉게 물들었고, 입고 있는 치마의 단은 찢어지고 온몸이 눈에 젖어 축축했다. 그리고 팔에는 길게 스친 상처가 나, 붉은 피가 저고리에 스며들고 있었다. 홍주의 흰 저고리에 붉은 선이 그어졌다. 고단했던 지난 며칠이 짙게 묻어나는 행색으로 홍주가 향한 곳은 숙소가 아닌, 심문실이었다. 홍주가 차가운 심문실에서 기다리고 있자, 통역병인 현호와 존 소위가 함께 들어왔다. 현호는 심문실에 앉아 있는 홍주를 보자 한껏 반가워하다 곧 온몸에 피딱지가 앉고 상처가 난 행색을 알아차리곤 금방이라도 울 것 같이 표정이 바뀌었다. 홍주는 그런 현호의 마음을 아는지, 현호에게 괜찮다는 의미로 무거운 눈꺼풀을 두 번 깜빡였다. 드디어 심문실을 무대로 모든 등장인물이 등장했다. 이제 심문 시간이다.

심문의 과정은 단순했다. 미군인 존 소위가 영어로 질문하면, 현호가 그 질문을 통역하여 홍주에게 전했다. 지겹지만 가장 신중해야 하는 과정이었다. 이 심문은 적진에서 모아온 정보를 전달하는 것 외에도 혹시나 변절하지는 않았는지 확인하는 과정이기 때문이다. 미군의 질문에 제대로 답하지 못한 소녀 첩보원들은 그날부터 다신 모습을 보이지 않았다. 기지에서 쫓겨난 소녀들은 소나무 숲길을 걸어갔다. 이따금 홍주는 어두운 밤에 그 숲길로 걸어 들어가는 소녀들을 보았다. 그리고 그 뒤로 총을 든 군인이 따라 들어갔다. 아군인지 적군인지 희미해지는 회색 지대에서는 누구의 것인지 모를 총소리가 났다.

그렇기에 이 기지에서 가장 오래 살아남은 소녀 첩보원인 홍주에게도 매번 이 시간은 떨리지 않을 수 없었다. 적군의 총구 앞에서 살아와 아군의 총에 죽는다면, 그것만큼 억울한 것이 있을까. 게다가 혹시나 정체를 들키게 될까 봐 종이에도 기록할 수 없는 정보들을 머릿속에 담아와, 똑같이 읊는 것은 엄청난 집중력을 요구했다. 홍주는 항상 기지로 복귀하는 걸음걸음마다 계속 되뇌었다. 잊지 말라고. 네가 이곳에서 보고 듣고 느낀 것들을 뼈에 새기듯 기억하라고.

"다시 한번 물어보겠습니다. 적진에 현재 남아 있는 식량은 어느 정도였나요?"

분명, 존 소위는 명령조로 했을 말을 현호는 최대한 부드럽게 통역했다. 홍주는 30분 전에 말했던 것과 똑같이 대답했다. 현호도 아까와 똑같이 영어로 해당 내용을 전했다. 존 소위는 고개를 끄덕이더니, 먼저 심문실을 나섰다. 현호는 홍주에게 할 말이 있는 듯 머뭇거리다 존 소위의 뒤를 따라갔다. 길고 긴 심문이 끝나자마자 긴장이 탁 풀린 홍주는 딱딱한 심문실 의자에 푹 기댔다. 조금 더 오래 가만히 의자에 몸을 파묻고 싶었지만, 온몸이 쓰라렸다. 아마도 수풀을 헤치며 오다가 작은 가시들이 몸에 박힌 모양이었다. 몸에 박히는 가시 중에서 가장 쓰라린 가시는 아주 작은 부스러기 수준의 가시 조각이었다. 제대로 된 가시도 아니고, 가시 조각. 그런 가시 조각들은 작아서 빼내려고 하면 할수록 피부 속 더 깊은 곳으로 박혀 들어갔다. 종종 홍주는 빼내지 못한 가시들을 그대로 두었는데, 처음엔 쓰라리던 피부 표면이 둔해질 때쯤이면 가시의 존재조차 잊었기 때문이다. 이번에도 홍주는 몇몇 개의 가시 조각들을 잊을 것이다. 딱딱한 심문실 의자에 기대 있던 홍주는 힘주는 소리를 내며 의자에서 일어났다. 얼른 돌아가야 했다. 홍주는 한쪽 발을 끌면서 숙소로 향했다. 보름 만의 귀환이었다.

홍주가 소녀 첩보원들이 머무는 숙소에 들어가자 일화가 달려와 홍주의 품에 안겼다.

"언니! 언니는 돌아올 줄 알았어요. 얼른 마른 옷으로 갈아

입어요."

일화는 홍주와 알게 된 지 반년쯤 된 열여섯 소녀다. 전쟁 중이지만 워낙 명랑한 성격 탓에 기지 내 활력소 같은 존재다. 켈로 부대에 들어왔을 때부터 네 살 위 언니인 홍주를 믿고 따랐다. 그저 홍주가 일화의 마음에 든 탓이었다. 언젠가 일화는 그 이유를 말해주었다.

"제가 기지에 처음 도착했을 때, 언니가 혼자 숙소 안에 있었잖아요. 그래서 저 언니랑 친해져야지 했죠! 언니는 제가 돌아오면 항상 숙소에 앉아 있을 것 같거든요."

홍주는 해맑게 웃는 일화를 보며 자신이 잊을 수 없는 아이, 윤옥을 떠올렸다.

〔3년 전, 홍주의 마을, 가을〕

홍주는 열일곱이었다. 한여름의 산을 수없이 미끄러지며 내려온 홍주는 마을로 향했다. 손과 발에는 나뭇가지에 긁힌 상처들이 가득했다. 비가 오듯 흐른 땀이 상처들에 스며와 따가워도 그 사실 자체를 인지하지 못했다. 홍주가 산삼 한 뿌리를 캐고 돌아왔을 때, 마을은 쑥대밭이 되어 있었고, 홍주의 엄마와 동생 동주는 그 폭발 한 번에 세상을 떠났다. 죽음이 너무 쉬웠다. 홍주는 어떻게 장례를 치렀는지도 기억나지 않았다.

그저 비명과 울음소리, 흙바닥을 따라 흐르는 피. 장면 장면 편집된 듯, 그 순간을 기억할 따름이다. 그리고 얼마 동안이나 정신을 놓고 있었는지 감이 오지 않는다. 홍주에게 남은 건 망태기에 담긴 산삼 한 뿌리뿐이었다.

정신을 놓으려던 홍주를 붙잡은 건, 옆집에 살던 윤옥이었다. 윤옥은 동주와 동갑으로 열다섯이었다. 가장 친한 동무였기에 동주가 죽었다는 사실에 홍주만큼 울었다. 윤옥은 다 타버린 홍주의 집 바로 옆에 있던 임시거처─임시거처라고도 부르기엔 너무나도 허름한, 짚으로 만든 움집 같은 곳─에 매일 찾아왔다. 그리고 해사한 미소를 지으며 움집 밖으로 홍주를 끌어냈다.

"언니, 나와요. 얼른!"

홍주도 윤옥을 볼 때면, 죽은 동주가 떠올라 윤옥의 말을 거부할 수가 없었다. 홍주가 죽고 싶다고 생각할 때마다 윤옥은 홍주를 혼자 두지 않았다. 버젓이 있는 집을 두고 아침에 와서는 밥을 해달라거나, 내천에 놀러 가자거나, 바느질을 가르쳐 달라거나, 잡초를 같이 뽑자거나, 별을 보러 가자고 했다. 그래도 아침부터 밤까지 윤옥과 함께 있으면 조금은 숨통이 트이는 듯했다. 홍주가 아무 생각도 못 하게 바쁘게 구는 것이 윤옥의 위로 방법이었고, 그건 꽤 홍주에게 효과적이었다.

하지만 윤옥의 부탁 중에서도 딱 하나, 홍주가 들어주지 않은 것이 있었다.

"언니, 그냥 우리 집에 들어와서 살래요? 오라버니도 방 비운 지 오래고, 빈방이니까. 나 집에서 혼자 심심해서 그래요. 엄마한테도 허락받았는데……."

"아니, 난 우리 집이 좋아."

홍주가 '우리 집'이라고 부르는 곳은 거의 폐허나 다름없었지만, 홍주에게는 유일한 집이었다.

"윤옥아, 너는 동주가 아니잖아. 난 내 가족이 있는 곳에 있어야지. 그곳이 집이지."

그 말에 윤옥은 토라진 듯, 한동안 홍주의 곁에 오질 않았다. 며칠이 흘렀을까. 윤옥은 다시 홍주를 찾아와 임시거처 안에 드러누웠다. 딱딱한 흙바닥에 등이 배긴다고 찡찡거리면서 말이다. 홍주가 집으로 들어오지 않겠다면 자신이 여기 살겠다는 의미였다. 홍주는 그 좁은 방에서 윤옥을 내보낼 생각을 하다 하루를 다 보내었다. 작은 콩알만 한 것이 또 어찌나 끈질긴지 쉽사리 집에 가는 날이 없었다.

그러던 어느 날이었다. 군인들이 마을에 찾아와 여군을 모집한다며 트럭을 타고 돌아다녔다. 윤옥은 평소와 같이 해맑게 웃으며 친근하게 군인들에게 다가갔다. 처음 본 것이 아닌 것처럼 마구 다가가는 것이 윤옥의 재능 중 하나였다. 홍주는 그런 윤옥을 보면서, 저러다 맛있는 것을 사준다고 하면 따라가겠다 싶었다. 저리 경계가 없어서 어쩌나. 그렇게 한참 군인들에게 이러저러한 것들을 물어보던 윤옥은 홍주에게 달려와 자신도 여군이 되어야겠다고 말했다. 웃으며 말했지만, 가벼운 말은 아니었다.

"나라를 위한 일이잖아."

"나라가 널 위해 무엇을 해줬는데?"

홍주는 퉁명스럽게 답했다. 그렇게 말한 홍주가 더욱 무안하게, 윤옥은 해맑게 웃으며 말했다.

"내가 이 나라 조선에 있을 수 있잖아."

독립한 지 얼마 안 된 조선인들에게는 나라를 생각하는 마음이 컸으리라. 윤옥의 마음에는, 그리고 그 트럭에 함께 탄 소녀들에게는, 나라를 위한 일에 빠지고 싶지 않다는 마음이 가득했다. 순수한 소녀들 사이에 있던 홍주는 그들이 참 순수하다고 생각했다. 윤옥의 어머니가 윤옥을 부탁했기에 트럭에 타게 된 자신과는 다르게 말이다. 눈을 감으면 그날, 자신을 찾아온 윤옥의 어머니가 떠올랐다. 뺨 위로 흐르는 눈물과 꿇어앉은 무릎과, 절절한 목소리. 그 모든 것들이 뒤섞여 홍주는 트럭에 탈 수밖에 없었다.

입대한 뒤로는 훈련소에서 지도를 보는 방법, 각개전투 등 기초 군사훈련 및 기초 체력훈련을 시작했다. 심마니로 산을 타고 다니는 것이 일상이었던 홍주와 달리 윤옥은 매번 체력 훈련에서 뒤처졌다. 홍주는 윤옥의 어머니가 부탁했던 말마따나 윤옥이 훈련에서 뒤처지지 않게 도왔다. 그리고 훈련이 끝나갈 즈음, 홍주는 자신과 윤옥이 가게 된 켈로 부대가 일반 부대와 다르다는 것을 뒤늦게 깨달았다. 군번도 없이, 맨몸으로 적진에 피란민으로 위장하고 들어가, 해당 적진의 상황을 살펴보고 다시 돌아와야 하는, 작전명 '래빗'이었다.

피란민으로 위장, 적진에 침투하여 동태를 파악하라.
적진에서 보고 들은 모든 정보를 머릿속에 외워 보고하라.
그리고, 정체를 들키면 자결하라.

늦가을에 시작한 훈련은 초겨울이 되어 끝났다. 그날은 짧고 간결한 군사훈련을 마친 홍주와 윤옥의 첫 작전 날이었다. 비행기로 적진의 상공 근처 지점에 도착하면 소녀들은 하나둘 낙하산을 타고 뛰어내려야 했다. 적진 지도와 되돌아가는 길을 적은 지도는 오로지 소녀들의 머릿속에 있었다. 비행기 안은 긴장감으로 가득 찼다. 누구도 쉽게 말을 꺼내지 않았고, 바람 소리만이 정적을 채웠다. 그중에서도 홍주는 유독 더 몸을 떨었다. 머리가 뻣뻣해지며 심장이 빠르게 뛰었다. 그런 홍주의 손을 윤옥이 잡아줬다. 비행기 안의 소녀 중 가장 여유로운 모습이었다. 윤옥은 입가에 미소를 머금고 홍주를 바라보고 있었다. 홍주는 윤옥을 따라 간신히 미소 지었다. 그렇지만 온몸을 감싼 긴장감을 사라지게 만들기엔 힘없는 미소였다. 마침내 홍주와 윤옥 차례였다. 홍주와 윤옥은 같은 지점에서 떨어지는 조였다. 비행기에서 낙하산을 메고 떨어질 때, 홍주는 생각했다. 이것은 사람이 할 짓이 아니라고. 본디 사람이란 땅에서 살아가는 생명, 발아래 땅이 없다는 것이 이렇게나 불안정한 것인지 홍주는 새삼스럽게 깨달았다. 사실 매번 낙하 훈련을 할 때마다 홍주는 최저점이었다. 반면, 윤옥은 훈련 중에서 유일하게 잘 해내던 것이 낙하 훈련이었다. 작전 지역으로 떨어지는 그 하늘 위에서 윤옥은 홍주의 옆에서 해사하게 웃고 있었고, 홍주는 눈만 뜨고 혼이 나간 상태였다.

한참 동안—홍주에게는 가히 수십 시간으로 느껴진— 낙하산을 타고 내려와 간신히 도착한 땅을 향해 홍주는 절이라도 하고 싶은 마음이었다. 눈에 뒤덮여 있는 겨울의 땅이 참 포근했다. 먼저 도착해 있던 윤옥은 포근한 눈 속에 주저앉아 버린 홍주를 한번 꽉 안아주고는 먼저 작전지로 향했다. 홍주는 그 작은 품이 너무 따뜻하다고 생각했다. 잠시 쉬다 출발한 홍주는 얼마 못 가 적군에 의해 총살당한 윤옥을 마주했다. 때는 전쟁 중이었고, 누가 죽어도 이상하지 않은 겨울이었다. 흰 눈 위에 붉은 피가 쏟아져 있었다. 그 선명한 색의 대비를, 차가운 윤옥의 손을, 홍주는 잊을 수가 없었다.

홍주는 매일 꿈에서 흰 눈에 흩뿌려진 핏자국을 마주했다. 홍주는 한 번도 그 꿈을 악몽이라고 생각하지 않았다. 자신이 받는 처벌이라고 여겼다. 자신이 죽기 전까지 잊지 말아야 할 사람들을 홍주는 흰 눈 위 핏자국으로 기억했다. 매일 밤, 꿈속에서 홍주는 벌을 받고 있었다.

'모두 다 내 잘못이다. 그날, 그렇게 하지 말았어야 했다.'

홍주는 계속 되뇌었다. 그렇게 되뇌고 되뇔수록 그날은 홍주에게 영영 잊히지 않을 기억이 되었다.

〔현재, 켈로 부대 전방기지, 겨울〕

홍주는 번쩍하고 눈을 떴다. 흰 눈과 붉은 피, 또 그 꿈이었다. 이른 아침, 래빗들의 숙소는 조용했다. 일화는 홍주의 옆 침구에서 잠에 취해 있었고, 남은 침구들에는 지친 몸을 쉬는 소녀들이 잠들어 있었다. 홍주가 누워 있는 침구 옆 작은 캐비닛엔 직접 낡은 못으로 새겨둔 '바를 정' 자들이 가득했다. 홍주는 빈 침구 수를 세어보더니, 두 획을 더 새겼다. 이번 작전에 나가기 전보다 침구가 두 개 더 비어 있었다.

그때, 숙소에 새로운 소녀들이 도착했다. 이희원 소위와 함께 온 어린 소녀들은 지금 숙소의 빈 침대 수와 같은 딱 열 명이었다. 다시 기지 내 소녀들의 숫자가 스무 명으로 맞춰졌다. 스무 명이라는 숫자가 채워지는 날은 죽거나 사라진 소녀들의 침구에 새로운 소녀들이 들어오는 날이었다. 새로운 소녀들이 짐을 푸는 소리에 자고 있던 다른 소녀들도 어설피 잠에서 깨기 시작했다. 어색한 인사와 가벼운 친근감의 표시인 미제 초콜릿이 자연스럽게 오고 갔다. 모두 만남과 이별에 너무 익숙해진 탓이었다. 홍주도 자신의 맞은편 침구에 새로 들어온 소녀에게 캐비닛 속 초콜릿을 건넸다. 잔뜩 군기가 든 소녀는 조심스레 초콜릿을 받아 들며 인사했다.

"저는 주승희입니다."

어딘지 모르게 눈에 익은 느낌의 아이였다. 초콜릿을 받아 든 승희는 한눈에 보기에도 어렸다. 그러면서도 강했다. 작은 체구에 밝게 빛나는 눈, 유난히 짙은 눈썹까지. 단번에 홍주는 이 아이가 오래 살아남을 아이라는 예감이 들었다.

"나는 서홍주야, 반갑다."

"……혹시, 주승훈이라고 아시나요?"

순간, 홍주는 몇 달 전, 유격대원들 중 사망한 이의 이름이
주승훈이었다는 것을 기억해 냈다. 이곳 부대에도 오가며 몇
차례 스쳐 지나갔던 대원이었다. 유독 짙은 눈썹이 기억에 남
았다. 지뢰를 밟아 시신이 크게 훼손되었다는 이야기를 건너
들었다. 그 지뢰가 어느 나라의 것이더라.

"어, 이름만……"

"제 오라버니예요. 저는 제 오라버니를 대신해 입대했습
니다. 작전 중에 죽었다는데, 시체는 찾을 수가 없다고 그러
고……. 가만히 집에만 있다 보니, 답답해서 죽어버릴 것 같더
라고요……. 그래서 왔어요. 다 죽여버릴 겁니다."

홍주는 승희의 짙은 눈썹을 보며 오라버니와 참 닮은 아이
구나 싶었다. 승희는 다 죽여버릴 거라는 섬뜩한 이야기를 하
며 당차게 미소 지었다. 왜 이 아이가 살아남을 것 같은 느낌이
드는지, 홍주는 그 이유를 알 듯했다.

"……그래, 살아남아 다 죽여버리자."

그렇게 또 다른 아침이 시작되고 있었다.

이미 숙소에 새로 온 소녀들과 인사까지 마친 일화는 잔뜩
들뜬 모양이었다. 까르르하는 웃음소리가 숙소 안을 채웠다.
일화를 중심으로 소녀들은 동그랗게 모여 공기놀이에 한창이

었다. 내기 품목은 초콜릿과 각종 미제 상품이었다. 종종 휴가에 나갈 때면, 그런 미제 상품들은 정말 돈이 되기도 해서, 까르르하는 웃음소리와는 달리 꽤 진지한 공기놀이였다. 공기놀이의 사회는 일화가 맡았다. 홍주는 그런 소녀들의 모습을 조금은 멀찍이 앉아 바라보았다. 홍주의 자리는 늘 소녀들의 모습을 바라보는 쪽이었다. 중심에 가지도 않고, 그 곁에 가지도 않으면서 그저 바라보는 곳에 머물렀다. 마치 공전하듯. 다가가면 휩쓸릴 것이 분명했다. 까르르. 소녀들의 웃음소리를 들으며 홍주는 다친 발에 새로운 붕대를 감았다. 더도 말고 덜도 말고 딱 평화롭다는 말이 어울리는 순간이었다. 전날, 아군기지를 둘러싸고 있는 소나무 숲길에서의 공포감은 흐려졌다. 붕대가 한 겹, 두 겹, 더 감길 때마다 다친 상처가 보이지 않았다. 소녀들의 웃음소리와 붕대의 푸근함에 홍주가 빠져 있을 때, 어느새 그 옆으로 일화가 다가왔다.

"그렇게 붕대 매면 쉽게 풀려요."

일화는 쪼르르 홍주의 앞에 앉아 발에 매여 있는 붕대를 살짝 풀어, 발목까지 다시 탄탄하게 매었다.

"언니는 생각보다 이런 건 대충대충 하더라."

"어차피 또 다칠 텐데."

"어차피 또 다칠 거니까 제대로 치료해야죠. 덧나지 않게.

언니는 종종 몸을 함부로 다루는 경향이 있어요. 저번엔 밤에 열나서 끙끙 앓았잖아요. 그날 나 잠도 제대로 못 잤는데."

"약 먹어도 아팠던 거였어."

"약을 더 달라고 했어야죠. 아니면 야전병원에서 쉰다고 하거나."

잔소리가 길어지면서 붕대에 가하는 일화의 힘이 더욱 세졌다.

"이 정도면 피가 안 통해서 아플 것 같은데."

"피가 멈추는 게 우선입니다. 말 안 듣는 환자님."

일화는 붕대를 다 매어주고는 홍주의 옆에 앉았다. 두 사람은 나란히 앉아 소녀들의 공기놀이를 지켜봤다. 웃음과 한숨이 번갈아 들렸다. 새로 온 소녀들도 어느새 그들 사이에 끼어 있었다. 홍주는 그 무리에 없는 승희를 눈으로 찾았지만, 숙소 안에는 없는 듯했다. 같이 놀면 좋을 텐데. 이런 순간이 많지 않은데. 그런 생각에 빠진 홍주에게 일화는 재잘대며 쉼 없이 말했다. 대체로 내용은 소녀들이 휴가에 가서 할 계획들이었다.

"이번 휴가 때, 다홍이는 모아놓은 미제 초콜릿으로 예쁜 양장을 하나 사려고 한대요. 쟤가 우리 공기놀이 일짱이잖아요. 돈이 어마어마할 거예요. 정화는 간만에 동생을 보러 간대요. 동생이 친척 집에 가 있느라 저번에 못 봤다고 하더라고요. 봉

순이는 엄마 밥이 너무 먹고 싶대요."

미주알고주알 홍주가 묻지도 않은 것을 일화는 술술 말했다. 항상 그랬다. 부르지 않아도 먼저 다가왔다. 소녀들과 거리를 두려는 홍주의 노력이 무색하게, 어느샌가 경계선을 훌쩍 뛰어넘어 들어와 있었다. 마치 윤옥처럼. 그래서 홍주는 일화만큼은 더 밀쳐낼 수가 없었다.

"너는 뭐 하고 싶은 거 없어?"

일화는 홍주의 갑작스러운 질문에 곰곰이 생각하더니 웃으며 답했다.

"어차피 저는 돌아갈 가족들도 없고, 휴가는 별로 안 기다려져요. 전쟁이 끝나고 나면 뭐 먹고 살지가 걱정이죠."

홍주는 웃고 있는 일화의 표정을 살폈다. 몇 개월 전, 일화가 입대했을 때, 일화는 모든 가족을 폭격에 잃은 뒤였다. 갈 곳을 잃은 어린 소녀는 군대를 택했다. 홍주는 일화에게 전쟁이 끝나면 같이 살자는 말을 할까 하다가 멈추었다. 혹시나 지키지 못할 약속이라면, 일부러 저리 해맑게 웃는 아이에게 더 짐이 될까 봐. 기대는 사람을 더 지치게 만드니까. 홍주는 그저 일화의 어깨를 토닥였다. 일화는 아무 일도 아니라는 듯, 다시 미주알고주알 떠들었다. 그런 일화를 멈춘 것은 식량 배급을 알리는 종소리였다.

간단한 식량 배급이 이어졌고, 평화로운 아침 식사 시간이 시작되었다. 소녀들은 서로 나이를 묻고, 고향이 어디인지를 비교했다. 조금이라도 가까우면, 그때부터 고향 친구가 되었다. 동향이라는 게 그렇게 힘이 되는지, 같이 아는 산 이름 하나가 친구를 만들어줬다. 적어도 그곳이 있었다는 걸 기억해줄 사람, 어쩌면 고향에 가서 소식을 전해줄 수 있는 사람, 그런 사람이 필요했으니까. 아침 식사 시간이 끝나고, 또 다른 종소리가 울렸다. 첩보 작전의 시작을 알리는 종소리였다.

전날 밤 임무를 마치고 돌아온 홍주는 쉬고, 이번엔 다른 소녀 첩보원들이 길을 나서는 날이었다. 그중에는 일화도 있었다. 일화는 홍주를 꽉 안아주고는 기지 밖으로 향했다. 홍주는 일화가 감아준 붕대를 내려다보았다. 경쾌해 보이는 일화의 뒷모습을 보며 홍주는 생각했다. '어디로 가게 되었니.'

첩보원으로서 소녀들이 꼭 지켜야 할 규칙이 하나 있다. 각자 어디로 첩보 작전을 하러 가는지는 동료에게도 '비밀'이라는 점이었다. 숙소에서 천진난만하게 미제 초콜릿의 맛을 평가하던 소녀들이 첩보원으로서 자신의 목적지에 대해선 입을 꾹 다물었다. 절대, 어떤 일이 있어도 그건 지켜야만 하는 규칙이었다. 이는 혹시라도 첩보원 하나가 적군에게 잡힌다면, 다른 첩보원들을 위협할 진술을 할 수도 있기 때문이라는 대외적인 이유 하나, 그리고 숨겨진 이유가 하나 더 있었다. 다들 굳이 입에 올리지 않았던 그 이유. 복잡하게 떠오르는 생각들을 뒤로 하고, 홍주는 어느새 첩보 부대원의 결연한 눈빛을 하고 떠나는 일화와 소녀들을 배웅했다.

한 차례 소녀들이 빠져나간 뒤, 숙소는 다시 조용해졌다.

"홍주야! 나야!"

숙소에서 온몸을 따끔하게 만들던 가시들을 빼내면서 나름 평화로운 시간을 보내고 있던 홍주를 찾아온 것은 현호였다. 홍주는 자신이 빼낸 작은 가시들의 숫자를 세어보다가 현호의 부름에 밖으로 향했다. 남아 있던 소녀들은 현호의 부름에 나가는 홍주를 바라보며 흥미로운 일이 생겼다는 듯이 바라보았다. 유독 허여멀건 현호는 소녀들 사이에서 꽤 인기가 많은 통역병이었다. 홍주는 그런 소녀들의 시선에 고개를 절레절레 저었다.

현호가 홍주를 데려간 곳은 부대 안에 있는 훈련장이었다. 그곳에서는 남자 첩보 부대원들이 체력훈련을 하고 있어 아주 시끄러웠다. 현호는 홍주의 옆에 서서 작게 속삭였다.

"……험할지도 ……그러니까 네가……."

"저기! 하나도 안 들려!"

현호의 귀에 대고 홍주는 크게 외쳤다.

현호는 그 소리에 화들짝 놀랐다. 다만, 그런 홍주의 외침도 체력훈련을 하는 이들의 기합 소리에는 묻혔다. 현호는 계속 머뭇거리고 있었고, 홍주는 점점 쉽게 말하지 못하는 현호가 답답해지고 있었다.

"이 정도 소리는 내도 돼. 그리고 이 정도까지는 외쳐줘야 들려."

"……네가 위험해."

사실 현호가 훈련장에 끌고 왔다는 건, 아주 비밀스러운 이야기를 하고 싶다는 뜻이었다. 홍주도 현호의 신중함을 알기에 예상할 수 있었다. 다음엔 위험한 임무가 주어질 예정인가 싶던 찰나에 이어진 현호의 뒷말은 예상하지 못했다.

"네가 의심받고 있어."

사실 래빗인 소녀들은 서로의 감시자였다. 하나의 적군 기지에 작전을 나가는 소녀 첩보원은 여러 명이었다. 동일한 지역에 침투했던 첩보원들이 각각 기지로 귀환하면, 그때부터 그들은 심판대에 올랐다. 심문에서 거짓 정보를 판가름하는 기준이 같은 지역에 침투했던 다른 래빗들의 진술이었으니까. 그래서 그들은 각자의 첩보 작전 지역을 밝힐 수 없었다.

입대 후 처음 맞이한 가을 단풍이 예쁘던 날이었다. 홍주는 자신과 같은 곳을 다녀왔다는 아이들의 이야기를 들었다. 비밀이었던 그 사실을 알게 된 건, 유독 단짝으로 붙어 다니던 두 소녀가 같은 곳을 다녀왔다고 밝혔기 때문이었다. 그리고 그날 밤, 둘 중 한 명이 찾아와 홍주에게 물었다.

"어떻다고 말했어? 거기 보급로에 대해서 말이야."

홍주는 자신이 말한 대로 답했고, 홍주를 찾아왔던 소녀는 절망스러운 눈빛으로 홍주를 바라봤다. 그리고 그 소녀의 단짝이던 다른 소녀는 다음 날부터 기지에서 보이지 않았다. 홍주에게 찾아와 어떻게 답했냐고 쏘아붙이던 소녀는 그 이후로 늘 혼자였다. 그러다 어느 순간, 그 소녀 역시 부대 내에서 보이지 않았다. 그날 홍주는 자신의 캐비닛에 바를 정자 두 개를 더 그었다. 미군은 공개적으로 처형하지는 않았다. 아마도 사기를 떨어뜨리는 행동이라고 생각할 테니 말이다. 그렇기에 첩보 부대원들은 복귀했던 동료가 갑자기 사라지면 어딘가에서 처형당한 것이라 짐작했다. 어느 누구도 사라진 사람들에 대해 입 밖으로 내지 않았다. 그것이 암묵적인 규칙이었다. 홍주는 귀환하는 길에 무조건 만나게 되는 소나무 숲길을 떠올렸다. 기지를 둘러싸고 있는 소나무 숲길엔 유독 거친 나뭇가지들이 많았다. 맨발로 그 길을 걸으면 가시가 박히는 것은 당연했다. 곧고 하늘 높이 치솟은 뾰족한 소나무들이 가득한 그 숲길에서 사라진 소녀는 어디로 갔을까.

그렇다. 래빗의 삶은 늘 의심받는 삶이었다. 그렇지만 대체 왜 내가 의심받게 된 거지. 한 번도 실수는 없었는데.

"……이유가 뭔데?"

홍주는 늘 최선을 다했고, 사지에서 끝내 살아 돌아와 정보를 전달했다. 래빗들 사이의 크로스체크에서도 끝까지 살아남은 것이 홍주가 아닌가. 단 한 번도, 홍주의 정보는 다른 래빗들과 다르지 않았다. 그런데 의심이라니. 적군 기지에 갔을 때 어떻게 살아 돌아왔는데, 자신의 진술이 어떤 래빗들을 사라지게 만들기도 했는데. 홍주는 현호에게 당장 그 이유를 들어야 했다. 군에서 자신을 의심하는 이유라도 알아야 했다. 그리고 현호에게 돌아온 말은 한 번도 생각해 본 적 없는 이유였다.

"……네가 매번 살아 돌아왔잖아."

순간 홍주는 뒤통수를 맞은 듯했다. 폭격을 어느 산기슭에 떨어뜨려야 하는지, 식량 보급로가 어디인지, 적진 규모가 어느 정도인지, 지원군이 진군하는 속도와 그 외에도 자잘하게 적군 부대 내에 돌고 있는 북쪽 소문들까지. 피란민으로 위장해 정보란 정보는 싹싹 긁어 보고했는데, 결론이 이것이라니 믿을 수가 없다. 홍주는 머릿속이 아득해졌다.

"그리고…… 네가 준 정보와 다른 정보를 준 또 다른 래빗이 있나 봐. 근데 지금 둘 중 누가 가짜인지를 모르는 모양이야.”

홍주는 현호가 말한 두 번째 이유는 귀에 들어오지 않았다. 머릿속이 윙윙 울렸다. 홍주는 소나무 숲길을 걸어가는 소녀의 모습에 자기를 넣어 상상했다. 그 길을 걷는 자신의 표정이 어떨지. 체념하고 있을지, 울고 있을지, 표정은 잘 모르겠지만, 하나는 확실했다. 분했다.

“……그렇지만, 그걸 떠나 내가 계속 살아남는 게, 의심하게 되는 이유 중 하나라는 거네?”

“아무래도 대부분이…… 복귀하지 못하는 작전이니까. 그러니까 더 조심해야 할 것 같아.”

현호는 머뭇거리며 말했다. 홍주는 머릿속에 있던 어떤 줄이 끊어지는 느낌이었다. 간신히 붙잡고 있던 소명 의식 같은 것, 전우애와 같은 것. 비록 군번줄도 없지만, 래빗으로서 가지고 있다고 생각했던 소속감 같은 것들. 그 모든 것들이 가는 실처럼 툭 하고 끊어졌다.

의심받고 있다는 것은 지난 3년 내내 잘 알고 있었다. 첩보원들은 의심과 떼려야 뗄 수 없는 관계였다. 매번 임무를 끝내고 오면 마주했던 존 소위의 눈빛이 선명했다. 위에서 내리쬐는 불빛은 안 그래도 뚜렷한 존 소위의 이목구비를 더욱 뚜렷하게 만들었다. 그 압도되는 분위기에서 상처조차 치료받지 못한 채, 모든 정보를 쏟아내야 했다. 의심받지 않기 위해 아군임을 온몸으로 표현해 왔는데, 그저 살아남았다는 것이 의심의 씨앗이 되고 말았다는 것에 홍주는 아군이 너무나도 쉽게 잘라낼 수 있는 가느다란 실로 자신을 엮어놓고 있음을 알았다. 의심되는 순간, 잘라버려도 괜찮은 존재로 정의된 것 같았다. 억울함이 가슴을 가득 채웠다.

"그런 작전임을 알면서도 그 길을 떠나는 우리 마음은 어떨 것 같은지 알까 모르겠네."

홍주는 차오르는 화를 누르며 말했다. 혹여 기합 소리를 뚫고 누군가 자신의 목소리를 들을까 걱정한 탓이다.

"나는 오늘처럼 새로운 첩보원들이 우리 숙소에 들어오면, 내 캐비닛에 바를 정 자를 새겨. 이제는 내가 몇 개의 바를 정 자를 새겼는지 세지도 못해. 복귀하지 못한 아이들의 이름? 당연히 기억이 안 나. 내가 기억하는 거라곤, '아, 이렇게 많은 아이가 죽었구나.' 이게 다야. 아침에 일어나서 캐비닛에 새겨진 바를 정 자들을 보며 내가 무슨 생각하는지 아니? '아, 살아남아서 다행이다?' 아니! '오늘 내가 죽을 수도 있겠구나.'라고 생각해. 이렇게 3년을 살아온 나는 어떨 것 같니? 너는 이런 말들을 그 빌어먹을 존 소위한테 전달할 수는 있니?"

홍주는 금방이라도 눈물을 흘릴 듯했다. 간신히 눈물을 삼킨 홍주는 당황한 현호를 그대로 훈련장에 둔 채, 숙소로 뛰어들어왔다. 그리고 바를 정 자로 가득한 캐비닛을 쓰다듬으며 울었다. 숙소에서 쉬던 다른 소녀들은 한 번도 본 적 없던, 홍주가 우는 모습에 놀랐다. 홍주는 이곳의 터줏대감 같은 느낌이었으니까. 폭격 소리에도 담담하고, 자기 초콜릿을 꽤 쉽게 내어주는, 그런 언니였으니까. 머뭇거리며 다가와 우는 홍주를 안아주는 건 소녀들이었다. 그리고 홍주는 그날 깨달았다. 자신이 낙하 훈련을 제일 어려워했던 것도, 매번 작전에서 살아남은 것도, 모두 살고 싶어서였다는 것을 말이다.

〔중공군 점령지역, 장웨이의 저택, 겨울〕

어두운 밤, 장웨이가 작전 중에 머무는 저택 복도를 여유롭게 거니는 한 사람, 유경이었다. 유경이 입은 슬립 원피스 자락이 가볍게 흔들렸다. 2층 복도를 조용히, 또 대범하게 걸어가는 발걸음의 목표는 회의실이었다. 유경은 조심스레 회의실 안쪽 책상 아래에서 현재 중공군과 북한군의 군부대 전투서열, 주둔지 위치가 적힌 서류를 꺼냈다. 유경의 숨소리만 들릴 정도로 저택 안은 조용했다. 위층에서 장웨이는 유경이 준 수면제를 탄 술을 먹고는 잠에 곤히 빠진 상태였다. 유경은 꺼낸 서류 내용을 하나도 빠짐없이 외우기 시작했다. 불도 켜지 못

하고 창가 달빛에만 의존해 작은 글씨들을 모두 머릿속에 새겼다.

　암기를 마친 유경은 회의실에서 유유히 빠져나와 저택 뒷마당으로 향했다. 가볍게 쌓인 눈을 밟자 뽀드득 소리가 정적을 살짝 깨웠다. 하나, 둘, 셋, 넷……. 유경은 뒷마당을 둘러싸고 있는 울타리의 숫자를 세다가 다섯 번째 울타리를 밀었다. 그 울타리만이 가볍게 뒤로 밀렸다. 유경은 열린 틈 안으로 들어가 뒷마당과 이어진 뒷산으로 향했다. 유경은 잘 다듬어진, 마치 이 길을 따라오라며 누군가 정리한 듯한 산길을 걸어갔다. 유경은 누가 그랬는지 짐작이 갔다. 이걸 설마 모를 거라고 생각하려나. 유경은 잠시 그 산길 중간에 멈춰 서서 누군가를 기다렸다. 얼마 지나지 않아 누군가 나타나, 가벼운 슬립 원피스에 카디건 차림의 유경에게 코트를 입혀줬다. 강지원 소위다.

　"오늘은 펜이랑 종이 잘 챙겨왔어요?"

　지원은 품 안에서 펜과 수첩을 꺼내어 보여줬다. 유경은 준비물을 잘 챙겨왔다며 지원을 칭찬하고는 자신이 암기해 온 것들을 읊기 시작했다. 조용한 산속, 유경의 단정한 목소리와, 그 내용을 따라 적는 지원의 펜 소리가 번갈아 가며 울려 퍼졌다. 전쟁 중이라고 보기엔 참으로 평온했다.

　"다 적었어요?"

"예, 다 적었습니다."

"줘봐요. 확인해 보게."

지원은 유경에게 수첩을 넘겨줬다. 지원은 유경이 말해준 내용을 암호화하여 적어두었다. 모르는 사람에겐 마치 전쟁 중 적은 일기처럼 보이도록 말이다. 유경은 지원이 가져온 작은 랜턴으로 수첩을 비춰 보며 하나씩 맞춰봤다.

"다 적었네요. 올바르게."

"그러면 이만 복귀하죠."

"그래요."

눈이 살짝 쌓인 산속에는 나란히 걷는 둘의 발걸음 소리만 나는데, 유경의 목소리가 정적을 깨고 나왔다.

"근데, 갑자기 궁금한 건데, 나랑 이렇게 만나는 날이면 언제부터 와서 길 치워두는 거예요?"

"아…… 알고 있었습니까?"

"이런 산길이 어디 있어요. 되게 걷기 편하잖아요."

당연히 유경이 모를 거라고 생각했던 지원은 자신이 한 행동이 다 들킨 느낌이라 민망했다. 유경은 민망해하는 지원을 더 놀릴까 생각했지만, 돌아오는 답이 너무 정성스러워 그만두기로 했다.

"……너무 일러도 들킬 수 있으니까 약속 시간 2시간 전부터

요. 복귀 이후엔 다시 망가뜨려 둡니다."

"친절하네, 치밀하고."

"들키면 위험하니까."

"강 소위님은 저한테 죄책감 있죠?"

유경은 싱긋 웃으며 말했다. 반면, 지원은 유경이 웃을수록 표정이 굳어갔다. 유경의 미소가 너무 어려 보인 탓이었다.

"······예."

"이런 위험한 일 시켜서요?"

"예."

"뭐, 강 소위님이 나한테 꼭 하라고 시킨 것도 아닌데요."

"······그래도 이곳에 데려오지 않았습니까."

지원에게 유경은 일종의 빚 같은 존재였다. 미인계 작전이라며 어린 소녀를 이곳까지 데려온 것, 그 작전 자체가 지원에겐 합리적이지 못했다. 유경이 준 정보들로 적군들의 주둔지를 파악해 정확한 폭격을 할 수 있었다는 것은 부정할 수 없는 사실이었지만, 이렇게까지 해야 하나 싶었다. 일단 유경은 지원의 여동생과 나이가 같았다.

"전쟁 때문이잖아요."

"······."

"그리고 뭐, 제가 애국심으로 왔나요? 나도 주연배우 하고 싶어서 온 건데…… 서로 이용하는 거죠. 아, 국극단은 계속 공연하고 있나요?"

'여성 국극'은 몇 년 전부터 새로이 등장한 공연이었다. 흘러나오는 노래가 국악인 것이, 판소리인가 싶다가도 대사가 나오니 연극 같기도 하고, 군무까지 추니 누구든 한 번 보면 매력에 빠지는 것이다. 판소리를 좋아하는 사람도, 연극을 좋아하는 사람도, 춤을 좋아하는 사람도. 게다가 절절한 사랑 이야기들이 무대에 오르니 싫어하는 사람이 없었다. 모든 배역은 여자들이 나누어 맡았고, 그중에서 남역 주연을 맡은 배우가 제일 인기가 좋았다. 남역 주연의 연기가 극의 절정에 도달하면 관객들의 박수갈채가 쏟아졌다. 여성이 남성을 연기하는 것 자체가 환상과 같았다. 할 수 없는 것을 할 수 있게 만드는 무대였다. 그러한 희열은 현실을 잊게 해주었고, 국극단들의 인기가 치솟았다. 그렇게 화려한 무대 위, 무대 가장 뒤편에 군무를 추는 유경이 있었다.

3년 전, 유경은 혜화 국극단의 초창기 연습생이었다. 소리도, 춤도, 외모도 빠지지 않아 간판 배우로 나서도 되겠다는 칭찬을 받았던 유경이 주연배우를 하지 못하고 촛대 역할만 해온 것은 단장에게 미운털이 박혀서였다. 그러던 중에 위문 공연을 하고 오면 주연배우를 맡게 해주겠다는 말에 혹해, 그리고 혹시나 오랜 시간 찾고 있던 누군가를 만날 수 있을까 하여 유경은 이 작전에 참여했다. 사라진 그 사람이 유경이 가지 못하는 곳에 있는 건 아닐까 하는 작은 기대였다. 그 선택이 이렇게 3년 동안 이어질 거라곤 생각하지 못했지만.

지금도 국극단은 공연하냐는 유경의 해맑은 질문에 지원은 살짝 웃었다. 지원에게 유경은 머리 아픈 전쟁통에서 벗어날 수 있는 유일한 환기처였다. 옳고 그름을 질문하는 것이 당연하고, 또 그런 사람들로 가득한 세상에서 그저 좋아하는 것을 계속 찾는 유경의 모습이 참 예뻤다. 그래서 지원은 국극단의 공연이 무대에 올라가는지 이번에도 확인해 왔다.

"이번에 부산극장에서 공연했다고 합니다."

"이 전쟁통에도 공연을 하긴 하네요."

유경은 갑자기 멈춰 섰다. 그러고는 눈길 위에서 눈을 감고 무대와 관객들을 떠올리며 멀리서 들려오는 관객의 환호 소리를 상상했다. 무대 위 단단한 단상이 그 어떤 것보다 사실이 아닌 것처럼 다가오던 그런 순간, 그리고 관객석 어딘가에서 자신을 보고 있을 누군가의 모습 역시. 유경은 자신이 행복해지는 방법을 아주 잘 알았다. 상상이었다. 언뜻 보면 고생 한 번 안 하고 자랐을 것 같은 유경에게도 지옥 같은 순간들은 늘 있었다. 그럴 때면, 유경은 자신이 원하는 모습을 상상해 왔다.

부모님이 갑자기 세상을 떠났을 때도, 믿고 의지하던 누군가가 말도 없이 사라졌을 때도. 언젠가 같이 있을 순간을 떠올렸다. 그럼 그리운 마음이 조금은 가셨다. 그래서 상상을 더욱더 자유롭게 펼칠 수 있는 무대를 유경은 사랑했다. 지원은 싱긋 웃으면서 무대 위를 상상하는 유경을 바라보았다. 눈을 감고서 상상 속 관객들에게 인사하는 유경이 참 행복해 보인다고 생각했다. 이 전쟁통이 어울리지 않을 정도로.

"전, 무대가…… 좋아요. 지금 제 무대는 비록 전쟁터지만 언젠가 다시 그 무대로 돌아가겠죠? 다른 배우들이랑 다 같이……."

유경은 평소보다 조금 더 들뜬 목소리였다. 지원은 평소처럼 낮게 답했다.

"복귀할 날짜가 곧 나올 겁니다."

"이 전쟁이 끝날 기미가 보여요?"

유경은 천진한 목소리로 되물었다. 눈빛이 금세 초롱초롱하게 변했다. 지원은 그 눈빛을 똑바로 바라보며 말했다.

"예……. 그러니까 무대로 돌아갈 수 있을 거예요. 제가 반드시 데리러 올 겁니다."

지원은 유경과 이렇게 이야기할 때면 3년 전, 카페에서 한 그 약속이 떠올랐다.

〔3년 전, 서울, 카페, 가을〕

"이 일은 적군의 고위 간부를 속이는 일입니다. 정체가 발각되면 죽을 수도 있어요."

지원은 초롱초롱한 유경의 눈빛을 바라보며 속으로 생각했다. 제발 다시 생각해 보라고. 이렇게 쉽게 결정할 문제가 아니라고. 정신 차리라고. 지원의 마음과 다르게 유경의 눈은 계속 흥미와 호기심으로 반짝였다. 커피를 호로록 마시더니 명랑한 목소리로 말했다.

"저 살아오기만 하면 돼요. 저 데리고 가셨다가 그대로 다시 여기로 데려오시면 되죠."

"위험하다고 말했습니다."

"저는 괜찮다니까요. 저 아니면 또 누가 대신 갈 거 아니에요? 제 목숨은 소중하고 저 대신 갈 사람의 목숨은 안 소중한가요? 강지원 소위님?"

유경은 웃으며 말했지만, 지원은 허를 찔려 답할 수 없었다.

"저도 이번 임무를 이용하는 거예요. 뭐 어쨌든 이번 일만 잘 마무리되면 주연배역 약속받았거든요. 그리고 찾고 싶은 사람도 있고……. 그러니까 제가 이 임무 해보겠다는 거예요. 저를 데려가 주세요. 다시 데려오기도 하시고."

유경의 완고한 태도에 지원은 설득이 불가하다는 것을 깨달았다. 맹랑했다. 느릿하게 커피를 마시던 유경의 행동을 지원이 천천히 눈으로 따랐다. 유경에게는 전쟁 중이라는 두려움이 없어 보였다. 이런 아이라면 살아 돌아오려나. 지원은 커피를 마시며 자신을 바라보고 있는 유경의 눈빛에 눈을 맞췄다.

"예, 데려갔다가 다시 데리고 오는 거 약속하겠습니다."

"그런데 지키려고 하지 마세요. 못 지킬 것 같으면 저 버리시라고요. 이것도 약속."

"그게 무슨……."

유경은 커피를 내려놓고는 당황한 지원을 달래듯 말했다.

"소위님, 전쟁 중이잖아요. 죽거나 사는 건 운에 달렸어요. 만주에서 제 부모님이 돌아가신 것도 그냥 그날 운이 나빴던 거거든요. 제가 어떻게 구해낼 수가 없더라고요. 그러니까 못 지킬 것 같으면, 지키려고 애쓰지 마세요. 다 운명이구나 하세요. 알겠죠?"

지원은 쉽게 답하지 못하고 머뭇거렸다. 유경의 눈썹이 살짝 움찔했다.

"소위님, 대답하셔요. 어려운가요?"

"어찌 그렇게 쉽게 버릴 수도 있다는 약속을 한단 말입니까. 버리는 건, 약속할 일이 아니잖아요."

"버려도 된다는 게 아니라, 살아남으라는 뜻이에요. 나 때문에 희생하지 말라고요. 나도 희생 안 할 거거든요. 나는 목숨이 위험하면 소위님 버릴 거예요. 그러니까 약속해요. 어떻게든 살아남기로."

기다리는 답을 듣기 위해 빤히 바라보던 유경은 지원이 고개를 끄덕이자 만족스러운 듯 웃었다. 지원은 그 순간 맹랑한 아이에게 완전히 말렸다는 것을 깨달았다. 그리고 결심했다. 꼭 약속을 지켜, 이 아이를 살려서 무대 위로 돌려보내자고.

그날 이후, 간단한 군사훈련을 받고 나서 낙하산으로 중공군 기지 근처로 떨어졌을 때도, 미리 잠입해 있던 다른 첩보원들의 도움을 받아 중공군 점령지에서 카페를 하며, 장웨이와 가까워져 정보를 빼낼 때도, 그가 반공 세력을 색출한다며 온 도시를 들쑤실 때도, 지원은 늘 멀리서, 또는 가까이서 유경을 도왔다. 그러니 지원이 한 '약속'은 계속 지켜지고 있었다. 착실하고, 치밀하게.

어느덧, 장웨이의 저택 뒷마당 근처에 도착했다. 유경은 지원의 코트를 넘겨줬다. 지원은 느릿하게 유경이 넘기는 코트를 잡아 들었다. 유경은 눈을 접어 웃으며 굿바이 인사를 했다.

"그럼 꼭 데리러 오세요. 기다릴 테니까."

유경은 뒷마당 울타리 안으로 조용히 들어갔다. 아무런 일도 없었다는 듯이, 밤은 지나고 있었다. 한참 유경의 뒷모습을 바라보던 지원은 유경이 장웨이의 저택 안으로 들어가는 것을 확인하고서야 뒤를 돌았다. 그러고는 다시 숲길을 엉망으로 만들었다. 치워둔 가지들과 수풀들, 그리고 눈길에 난 두 사람의 발자국을 발로 쓸어내리며 지워냈다. 이제 정말 얼마 남지 않았다. 저 아이를 다시 무대 위로 보내줄 날이. 지원은 밝은 달에 빌었다. 얼른 이 저린 마음을 잘 정돈할 수 있길.

〔북한군 점령지역, 산속, 겨울〕

군복이 아니라 한복을 입은 현호의 옆에는 똑같이 남루한 한복을 입은 홍주가 있었다. 나란히, 또 멀찍이 걸어가는 둘 사이는 어색해 보였다. 현호가 홍주에게 의심받고 있다고 말했던 그날, 홍주가 본심을 말하며 현호를 몰아붙인 이후로 두 사람은 서로 한마디도 하지 않았다. 게다가 애초에 계획된 임무가 아니었기에 더더욱 어색했다. 원래 현호와 함께 피란민 부부 연기를 할 사람은 일화였다. 하지만 일화가 저번 임무를 마치고 복귀하던 중 갈비뼈가 부러졌고, 갑작스레 홍주가 대신 가게 되었다. 뽀드득뽀드득. 눈길을 걷는 두 사람의 발소리만 그 여백을 메꾸었다. 홍주는 현호의 소심한 성격을 알기에 먼저 말을 꺼내야겠다 싶었지만, 왠지 입이 떨어지지 않았다. 이럴 때는 당최 어떻게 했었는지 아득했다. 어떻게 화해했더라. 동생인 동주에게는 맛있는 밥을 차려줬던 것 같고, 윤옥에겐 예쁘게 핀 야생화 군락을 보여줬던 것 같고, 그리고 또…… 다른 아이들과는 다툴 정도로 곁을 두지 않았었다. 홍주는 자신이 일방적으로 현호에게 화를 낸 것이니, 풀어줄 사람도 자신임을 알았다. 갑자기 화내서 미안하다고 말해야 하는데 홍주는 자신이 두려워하는 걸 모두 다 말해버린 기분이라 현호가 괜히 불편했다. 게다가 무릎까지 쌓인 눈을 헤치며 산길만 걸어가니, 딱히 할 말도 없었다. 주위에 있는 거라곤 초록 잎사귀가 모두 떨어진 앙상한 겨울나무들과 하얀 눈뿐이었으니 말이다. 시선을 돌려 가볍게 이야기할 만한 게 하나도 없었다. 홍주가 무슨 말을 해야 하나 계속 고민하던 차에 다행히 현호가 그 고민을 끝내주었다.

"준오 형이랑 미진 누나가 진짜 부부가 된다더라."

홍주는 잠시 잊고 있던 합동결혼식 소식을 떠올렸다. 켈로 부대 내에서는 꽤 많은 연인이 있었다. 부부 역할로 작전에 들어갔다가 진짜 사랑에 빠지기도 하고, 다친 상처들을 치료해주다가 서로의 힘이 되어주기도 했다. 전쟁도 막을 수 없는 것이 사람의 마음이었다. 준오와 미진은 부부 역할로 위장하여 잠복했던 부대원들로 부대 내에서 그들의 사랑은 아주 공공연한 것이었다. 그리고 1년이 지나 미진의 배가 부르기 시작할 때, 미진은 첩보원 임무에서 빠져 부대 내에서 일손을 보태는 쪽으로 직무가 바뀌었다. 작전에 투입된 준오가 돌아오는 것을 기다리던 미진과 부대로 복귀하던 홍주가 마주친 적도 있었다. 미진은 준오가 아닌 홍주 역시 너무나도 해맑은 미소로 맞이해 주었으나, 살짝 처진 눈썹은 숨길 수가 없었다. 홍주는 준오가 오지 않아 불안해하던 미진이 준오가 오면 무거운 몸으로 달려 나가는 모습을 보며, 또 그런 미진을 위해 달려오는 준오를 보며, 미처 상상조차 해본 적 없는 감정을 떠올렸다.

켈로 부대에선 그 둘을 비롯한 몇몇 연인들을 위해 합동결혼식을 치러준다고 했다. 이번 겨울이 끝나기 전에, 더 늦기 전에 그들의 결혼을 공식적으로 인정해 주기로 한 것이다. 총 일곱 쌍의 부부들이었다.

"그 이야기를 하는 둘이 너무 행복해 보이더라."

현호는 쓸쓸한 미소를 지었다. 홍주는 다시 한번 미처 상상해 보지 못했던 그 감정을 떠올렸다. 아, 언제 행복했더라. 언제 미래를 기대했었더라. 준오와 미진의 이야기로 물꼬를 튼 현호는 진지하게 말했다.

"난, 군인이 되고 싶지 않았어."

현호의 표정은 슬퍼 보였다. 홍주는 최대한 어색하지 않게 답하려 노력했지만, 정작 밖으로 나온 목소리는 자신이 듣기에도 어색했다.

"……알아."

누구보다도 홍주는 이런 곳에 오고 싶지 않았다는 현호의 마음을 잘 알고 있었다. 입대했던 첫날의 현호는 엉엉 울고 있었으니까.

"나도 이런 일 하고 싶지 않았어. 그냥 공부나 하고…… 그러니까 그냥 평범하게 살고 싶었어. 사랑하는 사람을 만나고, 미래를 약속하고."

홍주는 기다렸다는 듯이 사과했다. 이 순간이 아니면 사과하지 못할 것 같았다.

"알아. 그날 그렇게 말한 거 미안해. 네 잘못 아닌 거 알면서도 화가 났어. 너는 늘 미군들의 이야기를 전해주는 쪽이라서. 그래서 그랬나 봐."

"네가 사과할 일 아니야. 그러니까 안 해도 돼."

돌아온 현호의 목소리가 단호했다. 현호를 알고 지내며 이렇게까지 단호한 모습을 본 적 있을까. 홍주는 단언컨대 한 번도 본 적 없었다. 늘 겁에 질려 있거나, 울고 있거나, 웃고 있었지 단호한 표정이나 말투를 한 번도 내어본 적 없는 아이였다. 홍주는 처음 현호를 본 날을 떠올렸다. 엉엉 아이처럼 울던 현호를. 그때보다 키도 크고 단호한 표정을 지을 줄 알게 된 지금, 현호 역시 어쩌면 다른 사람이 되었을지도 몰랐다. 홍주는 묘한 기분이 들었다. 현호의 꿈은 영어 선생님이라고 했다. 학생들에게 영어로 인사하는 법을 가르쳐주어 어디든 가지 못하는 곳이 없게, 오해받을 일이 없게 해주고 싶다고 했다. 그래서 래빗들의 진술을 통역할 때, 더없이 신중해질 수밖에 없다고도 했다.

"난 화낼 상대를 잘못 골랐잖아. 그러니까, 그에 대해 사과하는 거야."

홍주의 사과에, 현호는 그제야 해맑게 웃으며 말했다.

"그런 거라면 받을게."

현호의 미소는 3년 전, 첫 만남과 닮아 있었다. 홍주는 걱정을 조금 덜었다. 대체 왜 걱정스러운 마음이 들었는지 홍주도 모르겠지만, 현호의 천진함을 다시 볼 수 있자 마음이 조금은 편안했다. 이전과 달리 풀어진 분위기였다. 홍주와 현호는 쌓인 눈 위에 나란히 발자국을 남기며 걸었다. 그 평화를 깬 건 멀리서 들려오는 총성이었다.

그 순간, 홍주는 현호의 손을 덥석 잡고 눈길을 달렸다. 목표한 적군 지역에서 조금 먼 곳이기 때문에 여기서 적군을 만나는 것은 위험했다. 정체가 드러나는 것도 문제지만, 목표한 지역에 도착하지 못할 수도 있었다. 홍주는 경사진 산길 위로 현호를 이끌었다. 총성이 아래쪽에서 났으니 경사진 위 틈새로 올라오면 적군의 시야에서 조금이라도 벗어날 수 있었다. 홍주는 서둘러 몸을 피할 곳을 찾았다. 무릎까지 쌓인 눈이 홍주의 치맛단을 잡아채고, 현호의 고무신을 가득 채워갈 때쯤, 현호의 고무신이 벗겨지며 그가 눈 위로 쓰러졌다. 현호는 앓는 소리를 하며 발목을 붙잡았다. 홍주는 현호의 입을 다급히 손으로 막았다. 군인들의 군홧발 소리, 부딪치는 쇳덩이 소리, 장전하는 소리, 소곤거리며 잡담하는 소리가 점점 가까워졌다. 홍주와 현호는 조금 툭 튀어나온 바위 뒤에 숨었다. 저릿한 발목을 부여잡은 현호는 그 소리가 얼른 지나가길 기다렸다. 그런 현호를 끌어안고 있는 홍주의 심장도 엄청 빠르게 뛰었다. 3년 내내 익숙해지지 않는 긴장감이었다.

"돌았니? 지금 총을 쏘면 어떡해! 그 소리에 우리도 들킨다고."

"아니, 분명 소리가 들렸어!"

"산짐승 아니었을까?"

잔뜩 억울한 목소리였다. 적군의 목소리 수를 보아 두세 명의 작은 무리로 보였다. 아마도 순찰조인 듯싶었다. 홍주는 여기 근처까지 순찰이 내려온다는 사실을 보고해야겠다고 자연스레 생각했다. 아군에게 의심받고 있는 지금, 이렇게 열심히 하는 것이 무슨 의미가 있나 싶었지만, 래빗으로 살아온 지난 시간이 홍주의 사고방식을 그렇게 만들었다. 무엇이든 저장하고 읊을 수 있도록. 적군 무리가 산길 아래쪽으로 내려가고, 그들이 내는 소리가 점점 멀어졌다. 그제야 손으로 막고 있던 현호의 입을 풀어준 홍주는 기운이 쫙 빠졌다. 현호는 새빨개진 발과 부은 발목을 홍주에게 보이며 눈물을 그렁그렁 달고 있었다. 홍주는 익숙한 듯 젖어 있는 치맛단을 찢어 현호의 발목에 칭칭 감았다. 일화가 가르쳐준 붕대 감는 방법으로.

"괜찮아, 괜찮아질 거야."

홍주는 연신 현호에게 괜찮다고 말하며 눈 속에 파묻힌 현호의 고무신을 챙겨 일어서 현호를 부축했다. 현호는 앓는 소리도 못 내고 눈물만 뚝뚝 흘렸다. 홍주는 생각했다. 내가 알던 현호가 맞는구나, 하고. 겉으로도 속으로도 여려터진 울보 현호는 역시나 그대로였다. 왜 불안했을까. 홍주는 자꾸 그 생각을 할 수밖에 없었다. 전쟁 이전과 이후의 삶은 너무 많이 변했으니까. 당연하다고 생각하던 것들이 사라지는 일이 얼마나 무서운지 홍주는 알고 있었기 때문이다.

홍주가 현호를 부축하여 끙끙거리며 한참을 가서야, 그들은 작은 동굴을 발견했다. 동굴이라기보다, 큰 바위 아래 사람 두 명 정도가 쪼그려 앉을 수 있는 틈이었다. 홍주는 현호를 그 틈에 밀어 넣고는, 서둘러 봇짐에서 최대한 마른 옷들을 꺼내 갈아입혔다. 해는 지고 있었고, 체온이 떨어지면 낭패였다. 현호는 벌벌 떨며 말했다.

"미안해⋯⋯. 난 맨날 짐만 되네."

"⋯⋯오늘은 여기서 버텨야 해. 알겠지?"

현호는 고개를 끄덕였다. 얼마 지나지 않아 현호는 선잠에 빠졌다. 통역병인 그는 '래빗' 작전에 참여하는 것이 처음이었다. 홍주는 그런 현호를 굳이 내보내는 것은 아마도 래빗들에 대한 의심 때문이라는 생각이 들었다. 얼마나 의심을 하고 있기에 이렇게까지 감시하는 걸까. 이러한 걱정 때문에 현호가 조금이라도 달라진 것이 더 두려웠던 걸까. 누구를 믿을 수 있을까. 이 전쟁이 끝이 나긴 할까. 나는 왜 이 작전에 참여하고 있을까. 사라진 또 다른 래빗들은 어디로 갔을까. 홍주는 밤새 꼬리에 꼬리를 무는 질문에 끝내 답을 찾지 못했다. 아무도 답해주지 않는 질문만 계속 허공에 던질 뿐이었다.

다음 날, 하늘이 밝아질 때부터 바로 걷기 시작했다. 현호의 발목은 홍주가 밤새 눈 찜질을 해준 덕에 붓기가 가셔 나름 훌로 걸을 수 있었다. 비록 절뚝거리긴 하지만, 되레 피란민으로 보이기엔 완벽한 조건이었다. 이제는 걸어야 했다. 계속 걸어야 열이 나고, 그래야 이 추운 날씨를 견딜 수 있으니까. 현호는 아릿한 발목에 온 신경을 쓰며 걸었고, 홍주는 어디가 이 작전의 끝일까를 끊임없이 되뇌며 걸었다. 마음 깊은 곳에서 오늘도 살아남기를 기원하며.

〔평양, 허름한 창고, 겨울〕

홍주와 현호가 도착한 곳은 북한군의 중심지, 평양이었다. 피란민 부부로 위장해 검문을 통과한 후, 접선 장소인 허름한 창고로 향했다. 홍주와 현호의 이번 임무는 그 창고에서 북한군에 잠입해 있는 정보원을 만나 정보를 받아 되돌아오는 것이었다. 그 밖엔 정해진 바가 없어 둘은 가만히 정보원을 기다릴 수밖에 없었다. 그렇게 어디 가지도 못하고 하루 정도를 기다렸을까. 창고를 찾아온 사람은 최고인민회의 상임위원장 비서 윤정이었다.

"시간이 없습니다. 지금 내가 말하면 다 외울 수 있겠습니까?"

딱딱하지만 단정한 어투로 정보들을 쏟아내는 윤정의 목소리만 창고에 울렸다. 홍주와 현호는 윤정의 목소리를 머릿속에 스며 넣듯, 모든 말을 암기했다. 불심검문에 걸려 종이에 적힌 메모라도 발견되면, 그건 첩보원이라는 증거가 되기에 홍주와 현호가 쓸 방법은 달달 외우는 것뿐이었다. 평양에 있는 군대들이 다시 전력을 모으고 있다는 이야기, 어느 부대가 어디로 이동하고 있는지에 대한 내용이었다.

끝이 안 보이는 이 전쟁처럼 길고 긴 이야기였다.

"이게 답니다."

"충분한걸요. 고생 많으셨습니다."

"오늘 내가 준 정보, 미군들은 의심할 겁니다."

"왜죠?"

홍주는 담담히 의심을 말하는 윤정에게 물었다. '왜 의심이 당연하죠?' 홍주는 마음속에서 계속 물었다. 윤정은 여유롭게 답했다.

"이 정보 하나로 사람 몇백이 죽거나 삽니다. 그런 정보라 그렇습니다."

"……그 의심으로 제 목숨이 위험해도 그게 당연한 걸까요?"

윤정은 홍주가 굉장히 투명한 사람이라고 생각했다. 어쩜 저리 투명한 소녀가 이 일을 하게 되었을까. 죽음을 저리 두려워하는 아이가 왜 이 전장에 들어왔을까.

"그건 어쩔 수 없는 거지요. 너무 마음 쓰지 말란 말입니다.

전쟁이란 게 원래 그렇게 사람 마음을 갉아먹는 벌레 같은 겁니다. ……동무는 왜 이 일을 합니까?"

"……어쩌다 보니 여기까지 왔습니다."

홍주는 폭격으로 쑥대밭이 되었던 자신의 집을 떠올렸다. 휴가가 생겨도 한 번도 못 간 고향이었다. 윤옥의 어머니를 볼 낯이 없었다. 윤옥을 지켜달라는 고작 그 약속 하나를 제대로 지키지 못했다. 그런데 어찌 홀로 몸 성히 돌아가겠는가. 그리고 이제는 입대할 때 가지고 있던 복수하겠다는 마음도 사라졌다. 홍주는 모든 것에 지쳐버렸다. 전쟁이 끝날 날을 기다릴 때도 있었지만, 이제는 그저 캐비닛에 있는 숫자만 셀 뿐이었다. 도저히 전쟁 이후의 순간을 떠올릴 수가 없었다. 너무나도 당연해져 버려서.

홍주의 표정을 살피던 윤정은 자신의 이야기를 했다. 인민재판으로 공개 처형을 당한 자신의 먼 사촌 이야기와 죽어가는 민간인들을 보며 이 전쟁을 멈춰야겠다는 생각이 들었던 순간부터, 비서로서 보고받은 희생자들의 숫자가 매번 늘어갈 때마다 느꼈던 좌절감까지. 그때, 켈로 부대의 첩보원이 접근해 왔다고 한다.

"이 전쟁을 우리가 끝내봅시다. 우리는 그런 힘을 갖고 있어요. 우리는 할 수 있어요."

윤정은 자신이 그렇게 하기로 그날 다짐했다.

"내가 원하는 것은 승리가 아니에요. 그저 이 전쟁이 끝날 수 있게 하는 것이죠. 뭐, 전쟁이 끝나길 바라는 마음은 동무들도 같겠죠?"

윤정은 여유롭게 홍주에게 웃어 보였다. 이에 홍주도, 현호도 따라 미소 지었다. 다른 고향, 다른 이유, 다른 생각을 가졌지만, 이 지루한 전쟁을 끝내고 싶다는 마음은 같았다.

"휴전협정이 길어지고 있습니다. 그건 알고 있습니까?"

홍주는 고개를 저었다.

"잘은 모릅니다. 윗분들 생각은 알 수가 없죠. 오늘 알게 된 정보도 어디에 쓰일지 모르겠는걸요."

윤정은 당연하다는 듯, 고개를 끄덕였다.

"지난 2년 동안, 협정이 길어지면서 소모적인 전투만 하고 있습니다. 고지를 뺏고 뺏기는…… 이런 전쟁은 이제 끝나야 합니다. 동무가 전쟁을 끝낼 수 있는 사람임을 잊지 마세요. 그 생각만 하란 말입니다. 이 전쟁을 끝낼 수 있는 사람이 우리다. 알겠습니까?"

딱딱한 군인 같은 말투에, 단정한 분위기, 짧은 머리. 잠깐 보았지만, 윤정은 성숙하고 단단한 사람이었다. 목적이 뚜렷하고, 그 목적을 달성하기 위해 무엇을 해야 하는지 스스로 확신하고 있었다. 홍주는 그런 윤정이 부러웠다. 확신이 있는 사람의 음성은 이렇구나 싶었다. 홍주는 생각했다. 나는 무엇을 확신하고 있지. 의심당한다는 것을 확신하고 있는 건가. 괜히 더 생각이 많아졌다.

"예, 알겠습니다."

홍주가 간단히 답하자, 윤정은 다시 위원장 동지의 집무실로 가야 한다며 걸음을 서둘렀다. 홍주와 현호 역시, 산속을 통해 귀환하기 위해 빠르게 길을 떠났다. 뒷산을 오르는 내내 홍주는 윤정을 한 번쯤 다시 보고 싶다고 생각했다. 그럴 수 있을지는 모르겠지만.

〔북한군 점령지역과 연합군 점령지역의 경계, 산속, 겨울〕

항상 아군기지로 돌아가는 길은 더욱 험했다. 작전지로 올 때는 낙하산이나 지프차를 이용해서—이번 작전에 현호와 홍주는 지프차를 이용해서 평양 근처 지역에 도착했다— 작전지 근처까지 올 수 있지만, 돌아가는 길은 오로지 두 다리뿐이었다. 어찌 보면 당연하게도 겨울의 귀환길이 가장 어려웠다. 혹한의 추위에 동사하기도 했고, 미끄러운 눈길에 다치기도 쉽고, 위치를 표기할 나무나 꽃밭이나, 주위 자연물들도 눈에 다 뒤덮여 버리기 때문이었다. 더불어 몸을 숨길 자연물이 없으니 적군이 근처에 있을 때 더 위험했고, 눈 속에 파묻힌 도약 지뢰나 공중 폭격과 야생동물들까지, 혹시나 하는 위험 요소들에 긴장을 늦출 수 없었다. 심지어 이번엔 현호의 오른쪽 발목이 삔 상태이니 더 조심해야 했다. 평양 변두리 산길로 나왔으니 앞으로 나흘은 쉬지 않고 가야 기지 근처까지 갈 수 있다. 아니, 현호를 부축하고 가니 속도가 더딜 것이었다. 그러니 한 이틀은 더 추가. 홍주는 머릿속으로 어떻게 하면 현호와 안전히 복귀할 수 있을지 방법들을 떠올렸다. 홍주의 머릿속에 저장된 지도에서 어떤 길을 선택해야 할까. 오래 걸리지만 걷기 편한 길, 빠르지만 위험한 길, 편하고 빠르지만 지뢰가 숨겨져 있는 길. 홍주는 항상 선택의 갈림길에 서 있었다.

밤을 제외하고 며칠 동안 현호를 부축해서 가던 홍주는 현호를 큰 바위 뒤에 기대놓고 잠시 근처에 먹을 것을 구하러 갔다. 한겨울이라 먹을 것은 없겠지만 그래도 칡뿌리라도 구할 수 있을까 하는 심정이었다. 심마니로 살아온 과거는 래빗으로서 홍주를 살아남게 하는 이유 중 하나였다. 수많은 래빗이 복귀하는 그 길에서 사라졌으니 말이다. 산신이 돕는지 홍주는 얼마 지나지 않아 산수유나무를 발견했다. 붉은 인내, 어쩌면 철을 지나고 이렇게 살아남았는지, 모든 잎을 떨어뜨린 산수유나무도 자신의 최선을 다해 이 산수유 열매를 지키고 있는 것은 아닐까.

"지켜줘서, 그리고 살아남아 줘서 고마워. 미안하지만 내가 네 열매를 좀 빌릴게."

홍주는 산수유나무를 살짝 안았다. 홍주가 늘 빼놓지 않고 실천하는 것이었다. 심마니로서 산의 생명을 가져갈 땐 최대한 예의를 갖추는 것이 산의 보호를 받는 방법이라 믿었다. 사람들이 몰려와서 산의 정기를 머금은 뿌리들을 갉아먹기만 하면 산은 얼마나 화가 나겠는가. 자신이 살기 위해서라고 해도 어떤 생명이든 함부로 빼앗으면 안 되는 것을 산에서 배웠다. 아버지가 말해줬던 걸, 산은 늘 홍주를 보호해 줌으로써 증명해 줬다.

홍주는 그날 만난 흰토끼가 문득문득 떠올랐다. 그날 산에서 일찍 내려갔다면 어땠을까 하고. 왜 산은 그날 홍주에게 흰토끼를 만나게 했을까. 홍주는 자신을 키우고 지켜준 산에 예의를 갖출 수밖에 없다. 이번엔 현호도 함께 보호해 주길, 산이 안아주길 바랐다. 그런 마음으로 산수유나무를 따뜻한 손길로 쓸어주고 붉은 산수유 열매를 손가락으로 똑똑 뜯어냈다. 홍주는 산수유 열매를 한 입 맛보았다. 시큼하지만 건조한 목에 촉촉이 스미는 살짝 단맛, 행운이었다. 홍주는 이미 찢겨 있는 치맛단을 또 찢어 열매들을 천 조각에 담았다. 현호의 붕대로 한 번, 열매 주머니로 한 번, 너덜너덜해진 치마는 피란민으로는 완벽한 분장이었다. 치마가 너덜너덜해진 만큼 추운 겨울바람이 다리 사이로 들어와 홍주를 괴롭혔다. 그런 생각은 뒤로하고, 홍주는 현호와 산수유 열매를 나눠 먹으며 가면 앞으로 이틀, 그 안에는 도착하리라 생각했다. 완벽한 계획이었다.

그리고 그 완벽한 계획에 포함되지 않았던 폭발 소리가 산중에 울려 퍼졌다. 현호가 있는 쪽이었다. 불행하게도 현호의 비명과 함께였다.

홍주는 황급히 산수유 열매를 품속에 넣고, 현호가 있던 큰바위 쪽으로 향했다. 현호는 눈 위에 피범벅이 된 채 쓰러져 있었다. 홍주가 느낀 건 기시감이었다. 눈 위에 떨어진 핏자국, 선명한 색의 대비, 잊을 수가 없는 윤옥이었다. 아찔했다. 목덜미부터 뻐근해져 오는 것이, 눈앞이 흐려졌다. 홍주는 자신이 눈물을 흘리는지도 모른 채, 현호에게 다가갔다. 부대 안에서만 주로 생활하던 현호가 미처 알아보지 못하고 지뢰를 밟은 듯했다. 지뢰가 폭발해 오른쪽 발목이 날아가 있었다. 지뢰의 파편들이 현호의 온몸에 박힌 듯, 작은 상처들이 가득했고, 무명천으로 만든 옷에 피가 점점 스며 나오고 있었다. 홍주는 금방이라도 정신을 놓기 직전이었다. 다시는 보기 싫었던 죽음이었다.

"죽지 마! 내 앞에서 죽지 말란 말이야!"

홍주의 절규가 산중을 울렸다. 제발 죽지 말라며 흐느끼는 홍주는 금방이라도 까무러칠 것처럼 보였다. 홍주의 품속에 있던 산수유 열매가 짓이겨져 저고리 바깥이 붉게 물들어 갔다. 그때, 현호가 약하게 흐느꼈다. 충격이 커서 잠시 기절을 한 모양이었다. 현호는 살짝 눈을 떴고, 홍주는 눈물을 흘리며 현호와 눈을 맞추었다.

"너 죽지 마. 정신 차려."

"……아프다. 아파."

"죽지 마. 제발."

홍주가 정신을 잃어가는 현호를 붙잡으며 흐느꼈다. 현호는 갑자기 새들이 날아오르기에 무슨 일인가 하고 잠깐 나와봤다고 했다. 그러다 그저, 하늘로 날아갔다고, 기억이 없다고 말했다. 홍주는 옷소매로 눈물을 닦아내며 정신 차리라는 말을 자신에게도 했다. 해야 할 일이 있고, 해내야 했다. 홍주가 전쟁 중에 배운 하나는 운다고 해결되는 일은 없었다는 것이다.

가지고 있던 봇짐을 길게 찢어 현호의 잘린 발목 쪽으로 다가갔다. 홍주가 차가운 눈으로 상처 부위를 덮자 현호는 고통스러워하며 울부짖었다. 홍주는 상처 부위를 아주 차갑게 해서 현호의 고통을 막아보려 했다. 너무 큰 상처라 막아내기엔 역부족이었지만, 아무것도 안 하는 것보다는 나을 터였다. 홍주는 자신의 봇짐 안에 있는 천들을 몽땅 이로 찢어내 엮어서 꽤 긴 붕대를 만들었다. 홍주는 현호의 상처 부위를 붕대로 단단하게 감았다. 상처 부위에 붕대가 닿을 때마다 현호는 고통에 몸부림쳤지만, 홍주에게는 최선이었다.

"내가 너 살려서 갈 거야. 그러니까 정신 놓지 마."

홍주는 곧장 현호를 부축해서 일으켰다. 현호는 겪어본 적 없는 아픔에 정신을 놓기 일보 직전이었지만, 계속 홍주의 말을 들으려고 애썼다. 홍주는 밤새 현호를 부축해 가는 내내 되뇌었다. "살아.", "버텨.", "정신 차려." 그리고 홍주는 처음으로 가족 이야기를 했다. 현호는 홍주의 이야기를 들으며 정신을 붙잡으려 애썼다. '망할 흰토끼'라며 농담을 던질 때도, 중공군에게 붙잡힐 뻔한 이야기를 할 때도, 계속 현호는 "그랬구나."라고 대답했다. 홍주는 그 대답으로 현호가 살아 있음을 확인했다. 아주 길고 긴 이야기였다. 홍주는 덩달아 아득해지려는 정신을 붙잡았다. '제발 현호를 살려줘.'라고 누구에게 하는지도 모를 애원을 하면서 말이다.

현호가 밟은 지뢰밭은 아군의 것이었다. 홍주는 붕대를 감기 위해 상처 부위에 박힌 지뢰 파편을 뽑아냈을 때, 똑똑히 알

파벳을 보았다. 그것을 읽을 줄도, 쓸 줄도, 말할 줄도 모르지만, 확실한 건 아군의 지뢰였다. 그 사실은 중요하지 않았다. 전쟁 중이니까 적군에게도, 아군에게도 죽을 수 있는 때니까. 중요한 건, 아군이라면 당장 이 아이를 살려내야 한다는 것이다. 홍주는 밤에도 쉬지 않고 걸었다. 기지의 불빛이 보일 때까지, 소나무 숲길을 건너 보초병들을 마주할 때까지.

보초병들은 소나무 숲길을 가로질러 오는 이상한 인영에 온 신경을 곤두세웠다. 두 사람도, 한 사람도 아닌 것이 애매했다. 대체 어떤 존재인 거지. 그들이 그런 고민을 하고 있을 무렵, 홍주가 피범벅이 된 현호를 부축해서 소나무 숲길에서 걸어 나왔다. 보초병들은 화들짝 놀랐다.

"지금 나 그 명패니 뭐니 안 보여줘도 되지?"

홍주에게 온몸을 기대고 있는 현호는 이미 기절한 상태였다. 홍주 역시 금방이라도 쓰러질 듯했다. 신발은 어디로 갔는지, 맨발엔 이미 상처가 가득했다. 보초병들이 홍주 대신 현호를 부축했다. 존 소위가 보초병들의 보고를 듣고 달려오는 사이, 현호는 기지 내 간이병상으로 옮겨졌다. 큰 부상이니, 일화와 같이 서울 쪽에 있는 미군 야전병원으로 이송될 터였다. 다행이었다. 오늘 밤만 잘 버티면 현호는 살아날 것이다. 안도한 홍주는 모든 긴장이 다 풀렸는지 그 자리에 쓰러졌다. 달려온 존 소위는 쓰러지는 홍주를 받쳐 안아 심문실이 아닌, 간이 병상으로 직접 옮겼다. 온몸에 잔뜩 피를 묻히고 돌아온 대원에 대한 일종의 부채감이었다. 홍주는 그날 미뤄뒀던 잠을 몰아 잤다.

그리고 이틀 후, 심문실에서 홍주는 윤정에게 들은 정보를 모두 이야기했다. 윤정이 준 정보는 적군의 전투서열이었다. 그 안엔 현재 북한군 부대들이 이동하고 있는 위치들도 담겨 있었다. 정신없는 귀환이었지만 홍주는 토씨 하나 틀리지 않고 보고했다. 래빗들에게 암기는 습관적이었고, 필사적인 것이었다. 이 정보를 기억하지 못한다면, 그 험한 길을 다녀온 이유가 없으니까. 홍주가 보고하는 내내, 존 소위는 그저 고개를 끄덕일 뿐이었다. 홍주는 말없이 근엄한 표정으로 자신을 바라보는 존 소위에게 묻고 싶은 것이 많았다. 우릴 믿고 있냐고. 자신이 가져온 이 정보를 믿고 있냐고. 현호를 살려줄 거냐고. 전쟁이 언제쯤 끝날지 알고 있냐고. 남의 나라 전쟁에 와서 왜 이리 고생하고 있냐고. 당신한테 이 전쟁은 무슨 의미냐고. 그러나 그 질문들은 홍주의 가슴 깊은 곳으로 삼켜졌다.

홍주의 보고가 끝나자 존 소위는 "Take a rest."라고 했다. 래빗 3년이면, 영어를 잘 몰라도 대강 가라고 하는 말은 알아들었다. 홍주는 상처가 나 저린 발로 숙소로 향했다. 현호는 홍

주가 기절하듯 자고 있던 그 아침에 야전병원으로 이송됐다고
했다. 살 것이다. 분명, 그래야만 했다.

〔**중공군 점령지역, 카페, 겨울**〕

전쟁 중에도 시내에는 사람들이 생활했다. 물론 정상적인 생활이라고 하긴 어렵겠지만, 여전히 살아갔다. 유경이 처음 이 지역으로 오게 되었을 때, 지원의 도움으로 카페 주인 신분 으로 생활할 수 있었다. 일종의 작전상 요충지였다. 전쟁에선 고지를 잡으면 승리한다고 하지만, 정보전에서는 가장 의심받 지 않으면서도 정보를 들을 자리가 필요했다. 사람들이 방심 할 수 있는 카페는 그중 하나였다. 유경이 운영하는 카페는 중 공군들이 애용했다. 조선인에, 어리고 예쁜 여주인은 그렇게 큰 위협이 되지 않았다. 당연히 그들이 하는 중국어를 못 알아들을 것이라 생각했고, 그렇게 생각 없이 떠들어댔다.

그렇지만, 유경은 어릴 적 만주에 살았었다. 나라 잃은 설움을 느껴봤고, 그 시절 덕분에 중국어도 할 줄 알았다. 중공군 부대를 이끄는 장웨이의 임시 거처가 있는 이 점령지역에서, 유경은 중공군들이 잠시 쉬는 쉼터를 마련해 주고는 정보를 빼돌렸다. 게다가 중공군 3사단을 이끄는 장웨이가 유경을 마음에 들어 했으니—사실은 어느 정도 계산된 것이었지만— 더 쉽게 정보를 빼낼 수 있었다. 첩보의 고지로써는 최적의 장소였던 셈이다.

오늘도 유경은 예쁘게 웃으며 중공군 손님들을 맞이했다. 속으로는 '안녕, 나의 정보원들'이라고 외치면서. 유경은 일부러 서툰 중국어로 메뉴판을 보여주며 주문받았다.

"커어피? 두우 잔이요?"

"그래, 그걸로 줘!"

유경은 카페 일을 하면서 나름 평화로운 시간을 보내고 있었다. 주변에서 조금씩 들려오는 희롱과 추파는 사뿐히 무시해 주는 것이 답이었다. 어차피 그 이상의 문제는 생기지 않았다. 이 카페에 오는 중공군 손님들은 유경이 장웨이의 총애를 받고 있다는 것을 알기에 함부로 하지 못했다. 좋은 정보원이자, 방패막이였다.

그때, 장웨이가 유경을 찾아왔다. 카페 내에 있던 중공군들의 허리가 일제히 곧게 펴졌다. 편히 있으라는 손짓 한 번에 눈치를 보던 중공군들은 힐끔거리며 조용히 커피를 마셨다. 여기까지는 그전에도 자주 마주했던 모습이다. 예상외였던 건 장웨이 옆에 있는 낯익은 사람이었다. 강지원 소위였다. 유경에게는 갑자기 장웨이가 찾아온 사실보다, 지원이 그 옆에서 중공군 군복을 입고 서 있는 것이 더 놀랄 일이었다. 장웨이는 놀란 마음을 웃는 표정으로 가리고 있는 유경 앞에 얼굴을 들이밀며 물었다.

"오늘 나의 방문에 이리 환히 웃어주니 좋군요."

그러고는 더 가까이 다가와 유경의 귀에 속삭였다.

"그날 밤엔 내가 너무도 피곤했나 보오. 갑자기 잠에 빠져서는…… 나도 참……. 근시일 내에 한번 부를 터이니 다시 와주시오."

장웨이는 젊은 군단장이었고, 잘생긴 얼굴에, 배려심이 넘치는 남자이긴 했으나, 유경에게는 전혀 관심 밖인 사람이기도 했다. 단지, 주요 정보원일 뿐이었다. 유경은 중국어인 장웨이의 말을 못 알아듣겠다는 듯 웃었다. 그러자 아차 싶었던 장웨이는 자신 옆에 있는 지원에게 말을 통역해 달라고 했다. 장웨이는 유경에게 했던 꽤 길고 느끼한 문장을 지원에게 다시 말했고, 지원은 그 말을 무뚝뚝하게 전했다.

"근시일 내에 다시 부르신다고 합니다."

"그게 다입니까? 중국어로 훨씬 길었던 것 같은데요?"

유경은 진작에 다 알아들었지만, 제 앞에 있는 지원을 놀리고 싶었다. 지원이 머뭇거리자, 장웨이는 왜 자기 말을 안 전하냐며 지원을 툭툭 쳤다.

"……음. 유경 동지, 당신의……."

장웨이는 지원을 노려보았다. 지원은 분명 유경이 알아들었을 텐데, 저리 모른다는 표정을 짓고 있으니 당혹스러울 뿐이었다. 머뭇거리던 지원이 말을 이어갔다.

"……아름다운 미소를 잊을 수가 없소. 어두운 밤, 다시 그 미소를 볼 수 있으면 좋겠지만, 내가 너무 바쁜 사내라, 용서해 주길 바라오……. 보고 싶으니 근시일 내에 다시 보러 와주시오."

지원의 얼굴은 붉어져 있었고, 유경은 그런 지원의 모습이 재미있다는 듯 웃었다. 장웨이는 자신의 멘트가 통했다고 생각했는지 함께 웃었다. 유경은 지원을 보고서 말했다.

"다시 오겠다는 약속을 꼭 지켜요. 여기서 계속 기다릴 테니……. 저도 보고 싶었어요."

순간, 지원은 멍하니 유경을 바라만 보았다. 그런 지원을 유경이 재촉했다.

"어서, 전해요. 당장. 그에게."

지원은 장웨이에게 보고 싶었다는 말은 쏙 뺀 채, "기다리겠답니다."라고만 전했다. 장웨이는 유경이 꽤 길게 말한 것 같은데, 단답형으로 전하는 지원을 노려봤다. 그러고는 유경에게 다시 다정한 미소를 보여주고 지원과 함께 카페를 빠져나갔다. 유경은 이 작전의 끝이 다가오고 있음을 느꼈다. 오늘 내리는 커피는 더 고소할 것만 같다.

〔**서울, 미군 야전병원, 겨울**〕

현호는 야전병원에서 눈을 떴다. 지뢰 파편이 박혔던 상처
들은 모두 붕대로 감은 상태였고, 오른쪽 무릎 아래로는 텅 비
어 있었다. 현호는 그 모습을 보고, 한 번 더 기절했다. 연약한
현호에게 이 사실은 두 눈으로 다시 봐도 믿기 힘들었다. 그렇
게 2시간 정도 기절한 후 일어나 보니 옆에는 일화가 있었다.

"일어나셨어요?"

"아, 일화구나."

현호는 다시금 사라진 자기 다리를 보고 또 아득해졌지만,
일화가 등짝을 치는 바람에 정신을 차렸다.

"정신 차려요! 또 정신을 놓을 셈이에요?"

"아······ 홍주는?"

"홍주 언니는 괜찮대요. 기지에 있다고 들었어요."

"······다행이다."

"나중에 홍주 언니한테 고맙다고 해요. 그 산속에서 계속 부축해서 왔다고 하니까. 그런 산속에서는 같은 편도 두고 간다구요. 너무 힘들어서······. 오라버니가 언니를 지켜주나 했더니 짐이나 되고!"

"하, 그러게······."

"그래도 살아났으니, 그건 잘했어요!"

일화는 발랄하게 말하고는 간호사의 부름에 쪼르르 달려갔다. 자기 자신도 갈비뼈가 다쳐서 이곳에 온 환자면서 또 이리저리 일을 돕고 있는 모양이었다. 홀로 남은 현호는 무릎 아래로 사라진 오른 다리를 보며 한숨을 내쉬었다. 그래도 죽지 않고 살았으니 약속은 지킨 건가. 현호는 계속 홍주의 말을 떠올렸다. "죽지 마." 그렇게도 간절한 목소리를 홍주에게 듣다니······. 늘 무던하고 침착하다고만 생각했는데, 아니었나 보다. 어쩌면 늘 참고 있었을지도. 현호는 자신이 살아 있다는 소식을 얼른 홍주에게 알려야겠다 싶었지만, 아무리 생각해도 방법이 없었다. 아, 홍주가 보고 싶었다.

〔서울, 켈로 부대 본부, 겨울〕

최대희 소령은 갑자기 입원한 통역병 때문에 머리가 잔뜩 아파졌다. 야간 기습을 당한 모양이라던데, 지금 그게 문제가 아니었다. 당장 몇 시간 후가 켈로 부대 참모회의였다. 미군들과 직접 모이는 자리라 아무래도 통역병이 있어야 회의가 수월한데, 통역병 동석이 어려워진 것이다. 그때, 노크 소리와 함께 부관이 들어왔다.

"야전병원에 전방 기지에 있던 통역병이 입원했다고 합니다. 지금 정신이 든 모양입니다."

"그 녀석이라도 당장 데려와!"

"근데, 지뢰를 밟는 바람에 다리를 잘라냈다고……."

"그래서?"

"예?"

"그래서? 입이 잘렸어? 목을 잘려서 통역을 못 하나?"

"아, 아닙니다."

"그러니까 데려오라고! 당장!"

최대희 소령의 호통에 부관은 잔뜩 기가 죽었다.

"예, 알겠습니다."

부관이 황급히 나가고 최대희 소령은 책상 위에 놓인 서류들을 비교해 보았다. 당장 참모회의에서 논의할 내용이었다.

주요 래빗들에게서 온 중요한 첩보 내용이 달랐다. 그것도 아주 미묘하게. 그러니 어떤 것이 진실인지를 파악해야 했다. 두 첩보 모두 전투서열이어서 아주 중요한 자료였지만, 부대 이동 시기가 조금씩 달랐다. 물론, 모두 암기에 기반한 첩보 자료이기에 완벽한 신뢰도를 요구할 수는 없지만, 북한 고위층의 비서 윤정에게서 온 첩보와, 중공군 측에서 계속 적중률 높은 첩보를 보내온 유경, 둘 중에 실수할 사람은 없었다. 단 하나 걸리는 건, 윤정의 정보를 가져온 이름 모를 래빗이었다. 지뢰 사고도 있었다고 하니 기억에 문제가 있을 수도 있다. 하지만, 만약 유경이 의심받고 있다면 어떨까. 유경은 계속해서 중공군의 정보를 빼돌려 왔고, 적중률이 높아 부대 세 개를 물리쳤던 전력이 있었다. 그래서 혹시 정보원이라는 중공군 장교에게 의심받고 있는 거라면, 유경이 준 정보가 틀린 것이 아닐까. 최대희 소령의 머릿속은 빠르게 움직였다. 어느 정보를 택하느냐에 따라 참모회의에서 결정할 폭격 지점과 날짜가 달라졌다.

소모적인 국지전만 이어지는 와중에 공중 폭격은 꽤 큰 투자였다. 그러니 효율적이어야 했다. 가장 많은 적군의 부대가 들어와 있고, 그 부대들을 한 방에 쓸어버릴 수 있는 위치, 식량 보급로를 끊음과 동시에 많은 사상자를 내 손해를 입힐 수 있는 지역, 그곳이 어디일까. 그리고 전쟁을 승리로 이끌 적절한 타이밍도 필요했다.

 야전병원에서 갑자기 소령의 호출이라며 불려 나간 현호는 낑낑거리며 목발로 걸었다. 목발에 금세 익숙해지는 것이 속상하면서도, 또 이렇게 계속 살아가겠구나 싶었다. 부관이 직접 몰고 온 군용 트럭으로 도착한 곳은 켈로 부대 참모회의가 열리는 곳이었다. 이 회의에서 첩보의 신뢰성을 평가한다고 했다. 미군과 남한군인들 사이에서 통역하면 되는 아주 간단한 임무라고 했다. 그러나, 본 회의에 들어가자마자 현호는 혼이 빠질 뻔했다. 단순한 통역이 아니었다. 자신이 통역을 잘못하면, 단숨에 전략이 뒤바뀌는 곳이었다. 현호는 실수하지 않기 위해 애쓰며, 혹여라도 잘못된 통역이 될까 봐 애매한 단어가 있을 때는 사전의 도움을 받기도 했다. 그렇게 몇 시간 동안, 전국에 있는 첩보 대원들이 전한 첩보들을 비교했다. 그를 기반으로 전략을 짜서 이후에 있는 더 큰 참모회의에 참석해 전략을 설득하는 것이다. 그러던 중, 현호는 자신과 홍주가 가져온 정보의 신빙성에 대한 논의를 하고 있다는 것을 깨달았다. 지금 이들은 누구의 말이 맞는지 확신하지 못하고 있었다.

 "그 위원장 비서라는 분, 그분에게서 온 정보는 저도 같이 들었습니다. 그 래빗과 제가 함께 간 작전이었습니다. 저도 그

래빗이 전달한 그대로의 정보를 들었고, 암기했습니다. 그러니 그 래빗이 사고로 인해 정보를 잘못 기억했을 것이라는 가설은 빼셔도 좋을 것 같습니다."

아주 작은 용기였다. 현호는 내뱉고 나서야, 자신이 참모회의에 있기엔 너무나도 낮은 계급이라는 것을 깨달았다. 그렇지만, 꼭 말해야 했다. 홍주가 의심받는 걸 더는 볼 수가 없었으니까.

"확신할 수 있나?"

최대희 소령이 현호의 눈을 똑바로 보며 물었다. 현호 역시 지지 않고 눈을 마주 보며 말했다.

"예, 확신할 수 있습니다."

"그 래빗이 맞게 전달했다 치고, 그렇다면 둘 중 누구의 정보가 맞는다고 보십니까? 보름 후에 장웨이의 부대 점령 구역으로 북한군 부대가 합류한다는 정보와 그보다 열흘 후에야 북한군이 합류한다는 정보 중에요. 당연히 북한군 합류 이후 공중 폭격이 가장 효율적일 겁니다."

"그렇다면 아직 보름까지는 시간이 있으니, 전방기지 쪽에 있는 래빗들을 한 번 더 보내 확인해 봄이 어떻습니까? 양쪽 다 다시 가서 확인해 보는 겁니다."

"시간이 되겠습니까?"

"되게 만들어야죠."

"그러면 크로스 체크를 해보죠."

논의된 내용은 이랬다. 현재 장웨이가 머무는 중공군 점령 지역에 공중 폭격을 할 것이며, 이는 북한군 부대 합류 시기에 맞출 것, 해당 시기에 대한 두 가지 정보가 있으니 한 번 더 크로스 체크를 할 것, 윤정의 정보를 가져왔던 래빗이 장웨이 쪽에 있는 래빗을 한 번 확인하고, 역으로 한 번 더 확인해서 어느 정보가 더 신뢰할 만한지를 비교해 보자는 것으로 의견이 모아졌다. 현호가 가만히 듣고 있자니, 홍주가 폭격 지점이 될지도 모르는 곳으로 간다는 이야기였다. 평양의 높은 건물들도 다 폭격으로 사라졌다는 이야기가 파다했다. 현호는 회의가 끝나고 최대희 소령에게 달라붙었다.

"그곳에 래빗을 보내실 겁니까? 그 장웨이가 있다는 곳에?"

"그렇다."

"그곳은 폭격 예정 지점입니다. 위험해요."

"이미 정해진 사안이야. 그 래빗한테는 기회가 아니겠나? 의심받고 있으니 이 작전에 성공하면 누명을 벗을 수 있겠지."

"그래도 오늘부터 보름 안에 돌아오는 것도 무리라고요. 게다가 그 폭격으로 거기에 있던 다른 래빗들도 죽을 수도 있고……."

꽤 끈질기게 붙어오는 현호의 말을 최대희 소령이 끊었다.

"알고 있어. 그걸 숭고한 희생이라고 하는 거다."

"예?"

"그들의 희생으로 전쟁이 승리한다면 더할 나위 없지."

"다 살아야죠! 그게 진정한 승리 아닙니까?"

"다 살아? 그게 전쟁터에서 가능한 일이라고 생각하는 건가?"

현호의 물음에 최대희 소령은 가소롭다는 듯, 세상 물정을 모르는 아이의 말이라며 비웃었다.

"적군이 총 쏘기 전에 내가 쏴야 이기는 거야! 몰라? 이런 게 전쟁이고, 이런 걸 우리는 3년 내내 하고 있는 거라고! 알아들었으면 꺼져."

현호는 자신을 지나쳐서 나가려는 최대희 소령의 옷깃을 꽉 붙잡았다. 그러나 현호의 손길을 무시하고 빠르게 지나치려던 소령 탓에, 목발이 익숙하지 않았던 현호는 그대로 바닥에 넘어졌다. 쿵. 최대희 소령은 흘낏 시선을 던졌지만 귀찮다는 듯 발걸음을 멈추지 않았다. 그런 최대희 소령의 발목을 현호가 잡아챘다. 소령은 현호의 행동에 크게 한숨만 쉬었다. 간절함에 현호의 손이 떨려왔다. 현호는 최대희 소령을 올려보며 말했다.

"왜 그렇게까지 하십니까. 거기에 그렇게 폭격하지 마세요. 래빗들에게라도 도망치라 말해주세요. 제발요. 그들은 아군이 잖아요."

애원하는 현호를 위에서 내려다보는 최대희 소령의 얼굴은 차가웠다.

"그곳에 살리고 싶은 사람이 있나?"

"예! 그러니까 제발요! 소령님은 살리고 싶은 사람 없으십니까?"

"응."

섬뜩할 정도로 낮은 목소리였다. 최대희 소령은 쭈그려 앉아 쓰러진 현호와 눈을 맞췄다.

"내가 살리고 싶은 사람들은 빨갱이 새끼들이 다 죽여버렸거든."

최대희 소령의 눈을 가까이서 본 현호는 이 사람에게 어떤 말도 통하지 않겠다는 것을 깨달았다. 눈빛이 전혀 반짝이지 않았다. 웃고 있는 미소가 오히려 소름 끼쳤다. 아무리 미소를 지었다 한들 전혀 즐겁다거나 흥미롭지도 않아 보이는 눈빛이었다. 전쟁광이지도, 전쟁을 안타까워하지도 않았다. 아무런 감정이 비쳐 보이지 않았다.

"그러니까, 나한테 이리 애원해 봐야 소용없다. 난 이 전쟁에서 어떻게 하면 빨갱이 새끼들을 다 쓸어버릴 수 있는지에 대한 고민밖에 안 해. 지난 3년 동안 매일! 매 순간! 그리고 이처럼 최고의 기회를 놓칠 수 없지. 네 사연은 안타깝지만, 전쟁은 안타까운 걸로 이기는 게 아니야. 그랬으면 난 매번 이겼어야 하거든."

최대희 소령은 낄낄거리며 자조 섞인 웃음을 내뱉고는 현호가 잡고 있던 오른발을 털어냈다. 꽉 잡고 있던 현호의 손을 떼어낸 최대희 소령은 누구보다 차가운 얼굴로 뒤돌아섰다. 반짝이지 않는 그의 눈동자는 점점 더 검어졌다. 소령의 머릿속에 가득한 목표는 단 하나였다. 어떻게 하면, 가장 효율적으로 빨갱이들을 처리할 수 있을까. 그의 가족이 몰살당한 그날, 바로 그날이 시작이었다. 윗대가리들이 말하는 이념인지 뭔지는 중요한 게 아니었다. 그저 자기 가족을 죽인 적군만 있을 뿐. 일단 전쟁에서 옳은 건 승리가 아닌가. 한국전쟁 직전, 켈로 부대가 시작될 때부터 그를 이곳으로 오게 한 건 복수심이었다. 이제는 누구를 향한 분노인지도 모를, 끝없는 복수였다.

부관이 최대희 소령을 따라와 작게 물었다.

"이미 그 적진은 파악하러 간 인원이 있지 않습니까? 저리 애원하는데……."

"어차피 한 가지 패로는 못 이겨. 전쟁은 일대일 대결이 아니잖아. 저 대원이나 얼른 야전병원에 데려다줘. 내가 몰래 다른 인원을 투입했다는 이야기는 우리만의 비밀이야, 알겠나?"

"예!"

〔서울, 야전병원, 겨울〕

현호는 최대희 소령이 회의장을 나간 뒤에 부관의 부축을 받아 다시 야전병원으로 돌아왔다. 한참 딱딱한 침대 위에서 뒤척이던 현호는 깨달았다. 현재 자신에게는 홍주를 지킬 방법이 하나도 없다는 것을. 지킬 수 있는 방법이 없다는 걸 스스로 인정하자, 현호는 더는 아무것도 할 수 없을 것 같은 무기력에 빠져버렸다. 병원 침대에 누워 머릿속으로 아무리 여러 상황을 생각해 봐도 좋은 방법이 떠오르지 않았다. 현실적으로 가장 이상적인 방법은 홍주가 다쳐 그 점령지역으로 가지 않는 것이리라. 현호는 자신이 홍주가 다치길 바란다는 것 자체에도 고통스러워했다. 이렇게 쓸모없는 자신을 홍주는 왜 살린 걸까. 심지어 두 번이나 말이다.

홍주가 처음 현호를 살린 것은 1년 전이었다.

현호는 적당히 부유한 집의 외동아들이었다. 선천적으로 몸이 약해 운동을 싫어하고, 집에서 책을 읽는 것을 더 좋아했던 현호가 이렇게 군대에 들어온 것은 영어를 할 줄 안다는 점

때문이었다. 그리고 아들로서의 선택이었다. 미군과 함께 일했으면 좋겠다는 아버지의 말을 현호는 거역할 수 없었다. 허약하고 집에만 있으며 혼자 앞길조차 결정하지 못하는 자식으로 남고 싶지 않았다. 여태 못 보여드린 자랑스러운 아들이 될 수 있지 않을까 생각해서 들어간 군대였다. 정말로 현호의 아버지는 아들이 미군에서 일한다는 사실에 충분히 기뻐했다. 아버지가 두 번이나 두드려준 어깨에 현호는 자신의 선택이 옳은 선택이라는 생각을 했다.

"역시 내 아들이다. 실망하게 하지 말 거라."

그러나 전쟁터에 들어가자마자 현호는 후회했다. 바닥에 떨어진 피와 살점, 귀를 때리는 폭발음, 그 모든 것들이 뒤섞여 현호의 위장을 뒤집어놨다. 그렇다. 켈로 부대에 도착한 첫날, 현호는 토했다. 그런 현호를 본 홍주가 현호의 등을 두드려주며 무덤덤하게 말했다.

"익숙해져야 해."

"어떻게 이런 거에 익숙해질 수 있습니까?"

"할 수 있는 게 아니라, 해야 살 수 있어."

홍주는 작은 초콜릿 하나를 현호에게 건넸다. 현호는 초콜릿 조각을 녹여 먹으며 홍주를 물끄러미 쳐다봤다.

"나도 군인이야. 켈로 부대 첩보 대원, 서홍주. 열아홉, 너랑 동갑이야. 이희원 소위님께서 말씀해 주셨어."

"아…… 안녕."

단 초콜릿을 먹고 마음이 편안해지고 나니 부끄러워지는 건 현호였다. 쪼그려 앉아 있던 현호가 머뭇거리자, 홍주는 현호의 팔뚝을 덥석 잡아 일으켜 세웠다. 그러고는 기지 안내를 해주겠다며 그를 데리고 기지 안을 돌아다녔다. 현호는 축축한 손바닥을 군복 바지에 비벼 땀을 닦았다. 겁쟁이인 것을 들킨 것 같아 부끄러웠다. 홍주는 전혀 신경 쓰는 기색이 아니었지만 말이다.

그리고 그 순간, 기습 폭격이 시작됐다. 현호는 난생처음 듣는 굉음과 번쩍번쩍하는 섬광에 당황해 얼어버렸다. 그때, 현호의 옆으로 폭탄이 떨어졌다. 정말 한 뼘이었다. 군대에 온 첫날, 갈기갈기 찢겨버릴 뻔했다. 현호의 몸은 더 단단히 굳었다. 홍주는 황급히 굳어 있던 현호의 손을 잡고 끌어 기지 내 간이병상 안으로 숨어들었다. 간이병상은 열악하기 그지없었다. 약품들의 사용 가능 일자는 거의 다 지워져 있었고, 심각한 상태로 피 흘리는 군인들이 야전병원으로의 이송을 기다리고 있었다. 그리고 아직 장례를 치르지 못한 시신도 누워 있었다. 지옥 같은 현실을 현호가 깨닫고 있을 때, 홍주는 군용 담요를 동그랗게 말아 현호에게 머리를 막으라며 건넸다. 그렇게 둘은 군용 담요로 머리만 막고 몸을 낮게 수그린 채, 폭격이 끝나기를 기다렸다. 홍주는 평온했고, 현호는 울었다. 홍주는 그때부터 현호를 울보라 정의했다. 착한 울보, 영어만 잘하는 바보 정도로.

폭격이 끝나고 온몸을 벌벌 떨고 있던 현호를 홍주가 안아주었다.

"안아주면 좀 괜찮아지더라고. 처음 온 아이들은 늘 그래. 그러니까 괜찮아. 떨어도 돼."

무뚝뚝한 말투였지만, 다정했다. 래빗 중 나이가 많은 축에 속하게 된 이후로, 홍주는 늘 처음 들어온 소녀들을 달래는 일을 도맡았다. 홍주는 두려움에 떠는 소녀들에게 엄청 살갑지는 못했지만, 그래도 늘 같이 있어줬다. 토닥이든, 안아주든. 그러다 여느 때처럼 새로 들어온 소녀를 달래주던 홍주는 최근에 자신이 울 일이 별로 없었다는 것을 깨달았다. 언제부터였을까. 왜 울 일이 없었을까. 분명 많았을 텐데. 홍주는 그날 우는 소녀를 보며 생각했다. 나, 많이 무뎌졌구나. 이희원 소위는 그런 홍주를 믿고 통역병으로 중간에 홀로 입대하게 된 현호를 부탁했다. 동갑이라는 말과 함께.

현호는 자신과 동갑이라는 홍주가 어른처럼 느껴졌다. 아직 앳된 얼굴에선 속마음이 티가 나지 않았다. 목소리 하나 떨리지 않고 차분했다. 이 아이는 이런 상황이 자연스러운 건가. 이 아이는 이런 일을 많이 겪은 걸까. 이 상황들이 익숙한 걸까. 그러한 생각 끝의 결론은 하나였다. 힘들었겠다. 현호도 홍주를 힘주어 안아주었다. 어쩌다 보니 서로서로 위로했던, 이상한 첫 만남이었다. 그날 이후로, 홍주는 매번 죽을 고비를 넘어왔고, 현호는 기지에서 고비를 넘기고 돌아온 홍주를 마중했다. 현호는 모든 걱정이 다 쓸어 내려가는 것 같은 그 순간을 참 좋아했다. 그렇게 자꾸 현호는 홍주의 경계를 넘어갔다. 더 가까워지고 싶었으니까.

"붕대 갈 시간이에요!"

일화가 지저분해진 붕대를 새것으로 갈아주기 위해 현호를 찾아왔다. 일화는 전쟁이 끝나면 간호사를 해야겠다며 미주알고주알 떠들었다. 여기서 간호사분들을 만나서 인연을 만들고 전쟁이 끝나면 간호학교에 가서 제대로 배울 것이라고 말이다. 자신이 하고 싶은 것이 생겼으니 얼마나 좋은 일이냐며 들뜬 목소리로 말했다.

"얼른 이 소식을 홍주 언니한테도 전해줘야 하는데!"

일화는 계속 떠들면서 현호의 표정을 살폈다. 왜 저리 운담. 소리도 못 내고. 현호는 침대에 누워 소리도 없이 눈물을 흘리고 있었다. 일화는 최대희 소령을 붙잡느라 넘어져 지저분해진 현호의 붕대를 풀어냈다. 아직 덜 아문 붉은 상처가 퉁퉁 부어 있었다. 현호는 아픈 듯 흐느꼈다. 상처가 안 아문 탓도 있었지만, 다시는 홍주를 보지 못하게 될까 봐 하는 걱정이 앞섰다. 일화가 새 붕대로 감싸주는 동안, 현호는 그 아픔을 핑계로 소리 내어 울었다. 일화는 붕대를 감아주는 손길을 더욱 느리게 천천히 움직였다. 현호가 좀 더 길게 울 수 있을까 싶어서. 현호는 일화의 간병을 받으면서 자신이 홍주에게 도움을 줄 수 있는 거라곤 끝까지 기도와 걱정뿐이라는 것에 좌절했다. 이제는 다리도 온전치 못해 짐밖에 되지 못할 자신이 싫었다. 그저 현호는 침대에 누워 끊임없이 빌고 또 빌었다. 제발 살아 돌아와 달라고, 늘 그랬듯이 꼭 다시 돌아오라고. 마중을 나가 겠다고.

〔2부〕

〔중공군 점령지역, 골목길, 겨울〕

어두운 밤, 홍주는 중공군 점령지역 뒷산으로 내려와 골목길을 이용해 시내 쪽으로 향했다. 그 와중에 홍주는 자신이 또다시 이 위험한 작전에 왔다는 사실에 새삼스레 놀라고 있었다. 군번줄도 없고, 급여도 받지 않고, 의심이란 의심은 다 받고 있으면서, 이렇게 또 임무를 하러 오다니. 홍주는 자신이 왜 이 일을 하는가에 대한 상념에 빠졌다. 아무리 생각해도 어쩌다 보니 이 일을 하고 있는 것 같다. 심지어 아주 열심히. 어쩌면 고향으로 다시는 돌아갈 수 없는 처지가 되었으니, 스무 명 소녀들이 다 같이 누울 수 있는 기지의 숙소가 곧 자신의 집이라 못 떠나는 것은 아닐까. 홍주는 이제는 쉽게 생각나지 않는 고향의 모습을 떠올리기 위해 애썼다. 그러나 떠오르는 것은 여전히 흰 눈 위에 흩뿌려진 윤옥의 피였다. 복잡한 생각을 물리려 홍주는 윤정의 말을 계속 곱씹었다. 이 전쟁을 끝낼 수 있는 것은 우리라는 말을. 전쟁 이후의 삶을 기대할 수 있을까. 홍주는 자꾸 발이 푹푹 빠지는 눈길에 발걸음이 무거운 것인지, 머릿속이 무거운 것인지 구분하기 어려웠다.

그런데, 예상하지 못한 상황이 발생했다. 홍주의 정면으로 중공군 세 명이 보였다. 그들은 좁은 골목길을 막고선 홍주를 보며 웃으며 다가왔다. 홍주는 점차 가까워지는 그들에게서 옅은 술 냄새를 맡았다. 홍주는 뒤돌아 미친 듯이 달렸다. 잡히면 안 될 것 같은 본능적인 공포, 도망쳐야 한다는 신호였다. 그리고 그 본능적인 공포는 대체로 맞았다. 홍주의 등 뒤로 달려오는 군홧발 소리와 섬뜩한 웃음소리까지. 홍주는 상황이 좋지 않다는 걸 바로 깨달았다. 그렇게 마구잡이로 달리다 보니, 막다른 곳이었다. 텅 빈 공터에는 웬 창고만 덜렁 있었다. 홍주는 뒤를 돌아 자신을 향해 달려오는 중공군들을 바라보았다. 뒤에는 누구도 쓰지 않을 정도로 낡은 창고 하나, 앞에는 술에 잔뜩 취한 중공군 셋. 이 상황을 빠져나가야만 했다. 누군가의 도움을 기대하기 어려운 전쟁 중이 아닌가. 홍주는 뭐라도 손에 들기 위해 창고 근처에 있던 낫을 집으려고 달려가는데, 중공군 중 한 명이 빨랐다. 낫을 집어 든 중공군은 홍주의 목에 낫을 들이밀었다.

　나머지 두 사람도 홍주에게 다가와 각각 팔뚝을 잡아챘다. 그러고는 중국어로 뭐라 뭐라 웃으며 말했다. 중국어를 할 줄 몰라도 대충 어떤 상황인지는 눈치챌 수 있었다. 홍주가 소리치며 팔뚝을 잡은 중공군의 손아귀에서 빠져나가려고 애썼지만, 체급 차이가 너무 컸다. 게다가 낫이 목에 너무 가까워 몸을 움직일 때마다 살짝살짝 날에 닿았다. 목에 가느다란 서늘함이 새겨졌다. 건조한 피부 위로 피가 조금씩 흐르는 게 느껴졌다. 홍주는 눈 하나 깜빡하지 않고, 마주한 중공군을 쏘아봤다. 낫을 든 중공군이 정면에서 다가와 홍주의 저고리 옷고름을 풀자, 홍주는 그 중공군의 급소를 있는 힘껏 찼다. 그 충격이 꽤 컸는지 낫이 땅으로 떨어졌다. 낫은 놓치게 했지만, 이제 중공군들은 웃는 얼굴이 아니었다. 분노로 가득 찬 새빨간 얼굴이 더 거칠게 다가오는 순간, 홍주는 두 발을 들어 가슴팍을 찼다. 홍주의 팔을 단단히 잡고 있던 두 명의 중공군 덕분에 가능했던 발차기였다. 그리고 다음 순간, 홍주의 오른팔을 잡고 있던 중공군이 머리를 부여잡으며 쓰러졌다. 머리에서는 피가 흘렀다. 홍주가 돌아보니 홍주 또래의 예쁜 여자가 깨진 술병

을 들고 있었다. 왼팔을 잡고 있던 중공군은 그 여자에게 달려
들다가 멈칫했다.

"나 누군지 알죠?"

예쁘게 웃으며 말했지만, 꽤 섬뜩한 목소리였다.

"······우리말 할 줄 알았어?"

중공군은 술에 잔뜩 취해서는 의아하다는 듯 물었다. 여자
는 웃으며 다시 능숙한 중국어로 말했다.

"입 다물고 가는 게 좋을 거예요. 매일 술에 절어 사는 당신
들 말을 믿을까요? 아니면 내 말을 믿을까요? 친구들 데리고
꺼져요."

그 얘기를 듣자마자, 중공군은 머리에 피를 흘리며 쓰러져
있던 동료를 부축해서 사라졌다.

홍주는 허리를 숙여 여자에게 감사를 표했다. 중국어로 감
사 인사가 뭐였더라. 그때, 홍주의 저고리 안에 있던 명패가 떨
어졌다. 아까 전의 일 때문에 옷고름이 풀린 탓이다. 여자는 명
패를 주워선 서, 홍, 주라며 이름을 읽었다. 아, 한글을 읽을 줄
아네. 홍주는 감사하다며 한국말로 인사했다. 그러고는 여자
손에 있던 명패를 황급히 잡아챘다. 놀란 눈으로 홍주를 바라
보는 여자를 뒤로하고, 홍주는 다시 한번 허리를 숙여 인사를
하고 돌아섰다. 창고에서 점점 멀어지는 홍주의 머릿속은 명

패를 들켰다는 사실에 혼돈 그 자체였다. 어떻게 해야 하나. 래빗이 아니라면 뜻 모를 증표지만, 조선시대도 아니고 명패를 들고 다닌 것 자체가 의심받기에 충분했다. 의심이라면 지긋지긋한데……. 그러다 문득 방금 본 여자와 꼭 닮은, 좀 더 앳된 얼굴이 떠올랐다. 분명히 본 적이 있는데…….

〔4년 전, 혜화 국극단, 봄〕

동주는 홍주의 손을 끌었다. 처음으로 서울에 올라온 동주는 화려한 세상에 눈이 돌아갔다. 방방 뛰는 모습이 마치 개구리 같았다. 며칠 전, 윤옥이 서울에 다녀왔다는 얘기를 듣고 흥분해서는 졸라오던 차였다. 동주는 이렇게 많은 사람은 처음 본다며 난리였다. 그런 동주의 눈에 극장의 간판들이 들어왔다. 동주는 홍주를 혜화 국극단 공연장 앞으로 이끌었다.

국극단 공연을 보고 싶다는 어린 동생의 말에 홍주는 가벼운 주머니를 매만졌다. 아무리 동주가 초롱초롱한 눈으로 깜빡거리며 물어도 허락할 수 없었다. 아니 주머니가 허락하지 않았다.

"안 돼."

"너무 비싸?"

"응."

동주는 단호한 홍주의 말에 기가 잔뜩 죽어서는 포기했다. 홍주는 어깨가 축 처진 동주의 뒷모습이 안타까웠다. 그리고 새삼 궁금해졌다. 대체 뭐기에 이리 사람들이 좋아하나.

그런 동주와 홍주를 유경이 매표소에서 바라보고 있었다. 곧 공연이 시작될 즈음이었다. 매표소 직원이 유경에게 말했다.

"오늘도 그 연희라는 사람은 없었어. 괜히 네가 표만 사두는 거 아냐? 그냥 이거는 환불해 줄게."

유경은 그 말에 답했다.

"환불하지 마. 표 지금 나한테 줘. 그리고 한 장 더 살게!"

"응?"

"어차피 기다리던 사람은 안 오는데, 보고 싶어 하는 사람한테 줘야지."

유경은 표를 받아 돌아서서 걸어가는 동주와 홍주에게 다가갔다.

"저기요!"

홍주와 동주는 유경이 부르는 "저기요."가 자신들을 부르는 것이라고는 생각하지도 못하는 듯했다. 유경은 어쩔 수 없이 인상착의로 다시 한번 홍주를 불렀다.

"저기 흰 저고리 언니!"

홍주는 화들짝 놀라 뒤를 돌았다. 이 알록달록한 서울 거리에 흰 저고리는 홍주뿐이었기 때문이다. 유경이 입꼬리를 살짝 내리며 잔뜩 안타깝다는 표정을 짓고 손에 들린 두 장의 표를 흔들었다.

"무슨 일이세요?"

"아, 제가 지금 하는 공연을 갑자기 못 보게 돼서요. 저 대신 봐주시겠어요? 환불도 안 된다는데…… 두 장이에요."

유경은 어쩔 수 없다며 아쉽다는 듯 말했고, 잔뜩 기죽어 있던 동주의 얼굴이 활짝 폈다. 홍주는 부담스러워 거절하려 했지만, 동주의 손이 더 빨랐다. 동주는 감사하다며 유경이 준 표를 홀랑 받아 챙겼다. 동주는 벌써 극장 앞에서 홍주에게 얼른 오라며 손짓하고 있었다. 홍주는 유경에게 고개를 숙이며 인사했다.

"정말 감사합니다."

"이제 곧 공연 시작이에요. 얼른 들어가세요!"

홍주는 그 말에 곧장 달려서 극장 앞에 서 있는 동주의 손을 잡고 안으로 들어갔다.

공연이 시작되고, 홍주는 무대 왼편에서 촛대를 들고 있는 유경을 보며 생각했다. 아, 배우였구나.

〔현재, 중공군 점령지역, 변두리 창고, 겨울〕

창고 앞에서 홍주의 뒷모습을 계속 보던 유경은 아쉬운 표정이었다. 그래도 규칙이 있으니, 먼저 아는 체를 하면 안 되겠지 싶었다. 그 명패는 분명 래빗들이 사용하는 증표였다. 동무가 될 순 없으려나. 체념한 유경이 다시 창고로 들어가려 할 때였다. 뒤에서 들려오는 건, 홍주의 밝은 목소리였다.

"저기…… 배우 하셨었죠?"

유경이 놀라서 뒤돌아보자, 홍주는 자신의 기억이 맞았다는 생각에 뿌듯했다. 그러나, 뿌듯함은 금방 사라지고 홍주는 대뜸 멱살을 잡은 유경에 이끌려 창고 안으로 들어갔다.

"어떻게 알았어요?"

유경은 나름대로 머리가 아파졌다. 최대한 부드럽게-황급히 멱살을 잡고 끌어오기는 했지만- 미소를 지으며 물었다. 한 번도 정체를 들켜본 적이 없는데, 대체 이게 무슨 일인가 싶었다. 뭘 잘못한 걸까. 어떻게 들킨 거지. 그냥 래빗이 아니었던 건가? 내 정체를 알고 있는 사람이 이곳에 있는 게 우연일까? 마침, 이 창고 안에 독약이 있는데, 먹여야 하나.

"아, 분명 본 얼굴이다 싶었거든요."

"절 본 적 있어요?"

"제 동생이 국극이 보고 싶다고 해서, 딱 한 번 본 적 있거든요. 그때 봤어요."

"제 공연을 봤어요?"

"예."

홍주의 목소리가 떨렸다. 평소엔 떨리지도 않던 목소리가 왜 이러지. 홍주는 지금 자신이 참으로 바보처럼 보이겠다고 생각했다. 역시 안 하던 짓이었다. 무언가 좋았던 기억을 떠올리는 것은 하지 말았어야 했다. 홍주는 자꾸 틈 사이로 튀어나오려는 것들을 여태 두 손으로 꽉 막아냈었다. 그런데 한 번 스쳐 갔던 얼굴 하나에 손 쓸 틈 없이 허물어져 버리니, 추억이 얼마나 자신을 나약하게 만드는지를 깨달았다. 이럴까 봐 참아왔던 거고, 이럴까 봐 거리를 두는 것인데, 그날의 기억이 뭐가 그리 좋아서. 갑자기 전쟁 이전에 본 사람이라고 하니, 반가움이 들어서 한 실수였다. 그날 그 공연은 정말 좋았으니까. 동주도 좋아했었고, 행복하고 평화로운 하루였으니, 괜히 들떠 버린 것이다.

홍주와 마주하고 있던 유경의 머릿속도 복잡했다. 유경 역시 자신이 갖고 있던 보이지 않는 경계가 모두 허물어지는 것을 느꼈다. 배우. 지금은 들어선 안 되는 말이지만, 너무나 듣고 싶던 말이었다. 근데 겨우 촛대에 불과한 작은 역의 배우 얼굴을 기억한다고? 유경은 의문이 들었다. 홍주의 머릿속도 계속 빙글빙글 돌았다. 이 상황을 어떻게 해결해야 하지?

"나쁜 의도는 아니었어요. 이 얘기는 아무한테도 안 할게요!"

홍주는 유경에게 멱살을 잡혀 창고 안으로 끌려올 때 확신했다. 아, 단어를 잘못 뱉었다. 한 번도 이렇게 누군가를 아는체 한 적이 없었던 홍주는 이 상황이 당황스러웠다. 과거 직업을 안다고 해서 멱살을 잡아채며 공격적으로 나올 일인가. 지금은 배우가 아닌 것 같으니, 기분이 나빴던 걸까. 전쟁 때문에 배우를 못 하게 된 걸까. 이유가 어찌되었든, 홍주는 상황을 모면하기 위해 모른 척하기로 했다. 홍주의 멱살을 잡고 눈을 맞춘 유경의 눈빛이 반짝했다.

"근데, 날 어떻게 기억해요? 내 역할이 뭐였는지 말해봐요. 이거 시험하는 거예요. 당신."

유경은 잠시 풀었던 손아귀 힘을 더욱 꽉 주었다. 홍주의 저고리 앞섶은 잔뜩 구겨졌다. 홍주는 순간 땀이 확 났다.

"배역 이름은 몰라요. 그냥, 그날, 맨 앞줄 왼쪽에서 네 번째, 열심히 춤추고 노래하던 역할이요."

유경은 바라보고 있던 홍주의 검은 눈동자를 살폈다. 그러고는 기억해 냈다. 몇 년 전 보았던, 어느 자매의 뒷모습을. 유경은 붙잡고 있던 홍주의 앞섶을 풀어주었다.

"……그런 역할을 촛대라고 해요."

홍주는 처음 알았다는 듯 고개를 끄덕였다.

"인상적이었나 보네요? 꽤 된 공연인데 기억하는 걸 보니?"

홍주는 머쓱한 웃음을 보이며 구겨진 앞섶을 손으로 툭툭 펼쳤다. 그리고 답했다.

"가장 열심히 하시길래요. 제 바로 앞쪽에 서 계시기도 했고……."

마음에 드는 답이었다. 그리고 유경은 생각했다. 동무가 될 수 있지 않나. 작전도 끝나간다는데……. 이렇게 혼자 활동한 지도 3년인데, 돕고 살면 좋으니까. 충동적이었다. 오늘 밤이 너무 춥기도 했고.

"당신, 래빗이죠?"

홍주의 표정이 순간 굳었지만, 금세 풀어졌다. 아, 알겠다.

"당신도…… 그런 거죠?"

"맞아요. 그럼 우리 동무할래요?"

홍주는 갑작스러운 유경의 제안에 머뭇거렸다. 어떤 답을 해야 하지. 그런 홍주의 고민이 들리기라도 하는 듯, 유경이 말했다.

"뭐가 그리 고민이에요? 왜요? 래빗들끼리 목적지를 말하지 말라는 것 때문에 그래요? 아니, 우리는 목적지를 말하지 않았어요. 서로가 래빗인 것을 밝혔지."

"그래도 이건 원칙에서 어긋나기도 하고."

"여기서 원칙 지키면 뭐가 좋은데요? 왜요? 정체를 들켰으니 자결이라도 할 건가요?"

"그건……."

유경에게 홍주의 표정은 아주 읽기 쉬웠다. 어쩜 이리 다 드러나지? 조금만 더 흔들면 될 것 같았다. 무슨 이유를 덧붙여볼까. 일종의 협박도 잘 먹힐 것 같았다.

"잊지 마요. 내가 지금 홍주 씨 구해준 거."

"그건 정말 감사합니다."

"그러니까 내 부탁 들어줘야죠. 동무해요, 우리."

유경은 피가 살짝 맺힌 홍주의 목을 바라보았다. 홍주가 고개를 끄덕였다.

"몇 살?"

"스무 살이요."

"동갑이네? 더 좋다."

유경은 만족스럽다는 듯이 웃었다. 그러고는 차를 내려주겠다며 물을 끓였다. 보글거리는 소리가 들리고 유경이 차를 내리는 사이, 그제야 홍주는 창고 안을 살펴볼 여유를 가졌다. 창고 안은 전쟁 중이라는 생각이 들지 않을 정도로 아늑했다.

모든 곳에 지내는 이의 손길이 많이 묻어 있었다. 아기자기한 소품들과 작은 책장에 꽂힌 많은 책까지. 겉으로는 허름한 창고지만, 안을 보니 단 한 사람을 위해 만들어진, 유경의 아지트였다.

"네가 그때 그 뻣뻣하던 언니지?"

유경의 말에 홍주는 자신이 뻣뻣한가를 생각했다. 갸웃하는 홍주에게 유경이 따뜻한 차를 건네며 말했다.

"동생이 그렇게 매달리는데 뻣뻣하게 안 들어주고 있었잖아. 동생이 안타까워서 준 거라고, 그 표. 동생이 너보다 밝고 잘 웃더라."

"아…… 응, 맞아."

그 말에 홍주는 동주를 떠올렸다. 오랜만에 누군가의 입에서 동주의 이야기를 듣고 있으니 묘한 기분에 휩싸였다. 유경은 당연히 동주의 죽음을 모를 터였고, 그래서 더 밝게 동주의 이야기를 했다.

서울에 처음 온 티가 잔뜩 났다느니, 공연 표를 받아채는 속도가 엄청 재빨랐다느니, 해맑게 언니를 부르는 목소리가 귀여웠다는 둥의 이야기였다. 홍주는 그 밝음이 싫지는 않았다. 그 일 이후로 홍주에게 어느 누구도 먼저 동주의 이야기를 한 적이 없으니 말이다.

"우리 되게 인연이네?"

"그러게."

그날 밤, 창고 안에서 둘은 통성명했다. 그리고 밤새 과거 이야기를 했다. 동무가 되는 과정이라며 미주알고주알 말하는 유경을 홍주는 그대로 두었다. 그렇게 유경은 홍주의 경계를 아주 자연스럽게 넘었다. 유경이 9할을 말하면 홍주가 1할을 말했다. 왜 촛대로만 무대에 섰는지, 중공군이 점령한 지역으로 어떻게 낙하산을 타고 왔는지, 이곳에서 무엇을 하고 있는지, 장웨이와 어떻게 친해졌는지, 장웨이의 마음에 들게 된 이후로 카페 운영이 쉬워질 수 있었던 이야기, 그리고 마지막으로 유경은 두 사람이 앉아 있는 창고에 관해 말했다.

"이 창고는 나를 지키기 위한 마지막 보루야."

홍주는 늘 다른 적진으로 향했고, 수식어가 붙지 않는 피란민 역할이었지만, 유경의 역할은 중공군 고위 간부의 애인, 딱 하나였으니까.

"3년 동안 한 가지 역할만 하다 보면 헷갈려. 이게 내가 연기하고 있는 인물인지, 아니면 원래 나인지. 그래서 여길 만든 거야. 원래 내가 좋아했던 것들 모아놓고 보려고."

"위험하지는 않아?"

"원래 여기까지 사람들이 잘 안 와. 아까 너랑 그 군인들 빼고는 아무도 온 적 없어.”

“아, 그랬구나.”

“……그나저나 놀란 건 좀 괜찮아?”

홍주의 찻잔에 따뜻한 차를 한 번 더 따라주며 유경이 물었다. 홍주는 유경이 자신의 이야기를 그렇게 오래 떠든 이유가 무엇인지 알 것 같았다. 윤옥이 자신을 위로할 때 쓰던 방법이었다.

“응, 괜찮아.”

“놀랐을 거야. 다치기도 했고. 상비약이 좀 있으니까 간단히 치료하자.”

홍주의 목에 생긴 살짝 베인 상처 위에 유경이 소독 연고를 덧발랐다. 거즈를 잘라 붙여주려는 유경을 홍주가 말렸다.

“어느 피란민이 그렇게까지 상처를 치료하고 다녀. 연고면 충분해.”

“깊진 않지만 너 상처 났잖아.”

“괜찮아. 이렇게 왔으니 피란민들이 어디에 모여 사는지 봐야 하는데, 그러고 있으면 더 눈에 띌 거야. 그리고 나도 임무 마치고 복귀해야 하니까.”

홍주의 말에 유경이 곰곰이 생각에 빠졌다. 재밌는 상상이 유경의 머릿속을 스쳤다. 래빗이란 어쩌면 모두 거대한 극장의 배우들이라고 볼 수 있는 게 아닌가. 유경은 반짝이는 눈빛으로 말했다.

"꼭 이번에도 역할은 피란민이어야 해?"

"그럼 내가 어떤 역할을 하겠어?"

"있어. 네 역할."

유경은 싱긋 웃었다. 홍주는 그런 유경이 미소 뒤로 무슨 생각을 하고 있는지가 궁금했다. 이렇게 아지트에 많은 것을 잔뜩 쌓아두었지만, 그걸 봐도 어떤 아이인지는 알 수가 없었다. 황당해하는 홍주를 뒤로하고 유경은 콧노래를 불렀다. 홍주는 일주일 정도 이 지역에 머문다고 했다. 유경은 그 일주일이 외롭지 않겠다고 생각했다.

〔중공군 점령지역, 카페, 겨울〕

아침부터 유경은 카페에서 홍주에게 커피 내리는 법을 가르쳤다. 카페이니 음료만 판다, 주류는 취급하지 않는다. 이것이 유경의 규칙이었다. 그리고 모든 말을 못 알아듣는 척하기. 이건 어렵지 않았다. 실제로 홍주는 중국어를 할 줄 몰랐으니까. 커피 내리는 법을 배우면서 홍주는 유경이 무슨 생각인가 싶었다. 갑자기 난데없이 자신의 카페에서 일하라니. 그렇지만 중공군들이 많이 찾는 곳이라면 자신이 찾아야 할 정보 역시 얻을 수 있으리라는 확신이 들었다. 은은한 커피 향이 카페 안을 채웠다. 커피 향에 홀렸던 홍주는 커피를 살짝 마셔보고 다시는 마시지 않겠다고 다짐했다. 홍주에겐 너무 썼다. 기지 내 숙소 캐비닛에 쌓아둔 미제 초콜릿 생각이 났다. 유경은 향을 음미하며 커피를 마셨고, 물끄러미 홍주를 보다 물었다.

"그래서 네가 찾으려는 정보는 뭔데?"

유경의 갑작스러운 물음에 홍주는 쉽사리 답하지 않고 입을 꾹 닫았다. 유경은 커피를 한 모금 마시곤 그런 홍주의 표정을 살폈다. 어쩜 저리 연기를 못하지. 눈을 살짝 아래로 내려 두 손으로 받쳐 든 커피만 바라보고 있는 게, 딱 봐도 불안해 보였다. 생각이 많거나. 유경은 그런 홍주의 옆에 살짝 앉았다.

"비밀이야?"

"고민 중이야. 말할지 말지."

"아, 아직 날 믿지 못하는 건가? 날 의심해?"

"아냐, 그게 아니라……."

당황한 홍주의 표정을 보며 유경은 잘하고 있다는 듯 고개를 끄덕였다.

"의심해야지. 원래 대가 없는 호의는 없는 거니까. 아주 바람직한 태도야."

홍주는 그런 유경의 태도에 더 마음이 불편해졌다. 그놈의 의심병. 이제 정말 지긋지긋한데. 유경의 생각도 틀린 것은 아니어서 홍주를 더욱 답답하게 했다.

"……네가 원하는 대가는 뭔데?"

"동무하자고 했잖아. 나랑 좀 놀아줘. 심심해서 그래."

홍주는 유경을 못 믿는 것이 아니었다. 의심하기 싫었던 탓도 있지만, 유경의 이야기를 미주알고주알 다 들어버려서 의심할 여지조차 없었다. 다만, 자신이 만난 래빗은 홍주가 유일하다고 말한 유경이 걱정되는 탓이었다. 홍주는 이 지역으로 작전 수행을 올 때, 이전 작전들과 다르게 특정 정보를 확인해 오라는 임무를 받았다. 확인해야 할 정보는 도착한 적진에 북한군 합류 시기가 언제인가. 이를 확인하고 열흘 안에 돌아가야 했다. 복귀 시기까지 정해져 있었기에 꽤 급한 작전임이 분명했다.

그런데 적진 위치를 듣고 보니, 윤정에게 들었던 주둔지 이동 예정에 관한 정보가 떠올랐다. 그렇다는 건 자신이 전달한 정보와 여기에서 전달된 정보가 다르다는 것인데, 아무래도 왠지 그 정보를 유경이 전달한 것 같다는 생각이 들었기 때문이다. 다시 말해, 홍주가 북한군 합류 시기에 대한 정보를 찾는다고 말하는 건, 미군이 유경을 의심하고 있다는 이야기를 전달하는 것이다. 어쩌면 자신이 전달한 정보가 유경을 위험하게 했을지 몰랐다. 홍주는 기지를 둘러싼 소나무 숲길을 떠올렸다. 이리저리 유경에게 상처를 덜 낼 방법을 찾던 홍주는 혼자서 조금 더 확인해 보고 말하기로 결심했다. 여태 열심히 정보를 전달했을 뿐인데 의심받는 기분은 정말 엿 같으니까. 게다가 정말 위험해질지도 모르니까. 해맑게 웃으며 손님들을 맞이하는 유경을 조금은 더 지켜주기로 했다. 그런데, 이 적진의 위치는 어디에 사용되는 걸까? 카페로 몰려드는 손님 때문에 홍주의 생각은 저편으로 멀어졌다.

반나절 동안 카페에서 일해본 결과, 이곳은 노다지였다. 굳이 무언가를 물을 필요가 없었다. 중공군들이 실컷 떠들어대니 말이다. 유경은 홍주의 옆에서 저 군인들이 하는 이야기들을 동시통역해 줬다. 쟤는 어제도 술에 취해서 바닥에서 잤대. 저쪽 테이블은 너까지 들어서 기분 잡칠 필요 없으니까 넘어가고……. 쟤네도 고향에 가고 싶긴 한가 봐. 나도 얼른 쟤네가 가면 좋겠어. 아니 여기 우리나라 땅 아니냐고. 저기 머리가 유독 짧은 중공군은 열여섯이래. 정말 어리네. 남들이 보기엔 커피를 내리며 필요한 대화를 하는 것처럼 보였을 것이다. 중국어든, 영어든 배워둘걸. 홍주는 유경이 말해주는 중공군들의 이야기를 들을 때면 생각했다. 배웠다면, 알았다면 피해 갈 수 있는 것들이 있었을 텐데……. 첩보 작전도 그렇다. 미리 적진의 정보를 알고 있으면 피해 갈 수 있었다. 1년 전쯤, 아무리 공중 폭격을 해도 끄떡없던 중공군의 대포에 이상함을 느끼고, 첩보 대원을 보낸 일이 있었다. 알고 보니, 중공군이 나무 모형으로 가짜 대포를 만든 것이었다. 첩보를 받고 아군이 기습하여 기지를 탈환했다는 이야기가 켈로 부대 내에 전설처럼 내려왔다. 홍주는 그 이야기를 처음 들은 날, 생각했다. 이 전쟁을 막을 정보는 없었던 걸까.

시간이 빠르게 흘러 카페 업무가 끝나고, 유경은 저녁을 차려주겠다며 카페 부엌 안으로 들어갔다. 홍주는 테이블에 앉아 유경을 기다리며 창밖을 바라보았다. 밖에는 불 켜진 건물이 하나도 안 보였다. 따뜻한 안에서 밖을 보니 눈발이 날리는 밖이 더욱 추워 보였다. 유경이 도와주지 않았다면, 이번에도 저 밖을 돌아다니고 있었겠지. 곧 카페에는 어울리지 않는 된장국 냄새가 퍼지기 시작했다. 유경은 잡곡밥과 시래기 된장국을 가져왔다.

"먹어봐."

따뜻한 식사라니, 홍주는 온몸이 녹는 기분이었다. 이렇게 편한 의자에 식지 않은 국물까지, 호사였다.

"고마워. 빚만 지네. 내일은 내가 할게."

"그래, 내일은 네가 해. 아무래도 전쟁 중이라 재료는 마땅

하지 않지만……. 그리고 나도 빚지는 거니까. 고마워할 필요
없어."

"뭐가?"

"나 3년 동안 혼자 밥 먹었거든. 그거 엄청 별로더라. 덕분에
이렇게 따뜻한 국도 먹는 거야. 혼자서는 먹을 기분도 안 나거
든. 그래서 대충 먹는 거지. 아, 장웨이랑 밥 먹을 때는 체할 것
같으니까 빼고 말이야."

유경은 깔깔거리며 말했다. 장웨이가 너무 능글맞고 과해
서 몇 번이나 그 자리를 박차고 나가고 싶었다고 말이다.

"그럼 3년 동안 혼자만 지낸 거야? 그 장웨이라는 사람 말고
는?"

"음……. 날 여기로 데려온 소위님 빼고는 만난 사람 없지.
그 소위님도 중요한 정보를 전할 때만 오시고……. 아, 어제 그
분도 이쪽으로 오셨어. 임무 중이신 것 같아서 따로 뵐 수는 없
지만."

홍주는 유경이 왜 동무 하자고 이야기했는지 알 것 같았다.
홍주가 속한 부대는 이별과 만남이 잦았다면, 유경에게는 이
별과 만남, 그 자체가 없었겠구나 싶었다. 타지에서 철저히 혼
자 살아남았으리라. 홍주는 스무 명의 소녀와 함께 눕는 밤을
참 좋아했다. 그 꽉 찬 숙소가 왜 그렇게도 좋던지, 새근거리는

숨소리는 나 혼자가 아니라는 증명 같은 거였다. 함께 있다는 건, 서로에게 힘이었다. 홍주는 유경에게 그런 밤들을 많이 만들어주고 싶었다. 따뜻한 밥에 대한 보답처럼.

"일주일 동안 밥 많이 먹자. 넌 살 좀 쪄야겠어"

"전쟁 중에 살찌면 엄청 이상하게 보이지 않을까?"

유경은 홍주의 농담에 깔깔거렸다. 홍주도 작게 웃었다. 소박하지만 따뜻한 일상 같은 저녁은 그들이 바라던 순간이었다. 홍주는 오랜만에 편히 웃었다는 걸 깨달았다.

홍주와 유경은 식사를 마치고 카페를 모두 정리한 다음, 카페 건물 2층에 있는 유경의 집이 아니라 유경의 창고로 향했다. 쌓인 눈에 발자국이 생겨도 금세 눈이 쌓여 모두의 흔적이 사라지는 그런 겨울이었다. 창고에 도착하자마자 유경은 실내에 촛불을 몇 개 켰다. 그러고는 홍주의 눈앞에 국극 대본 하나를 들이밀었다.

"〈옥중화〉야. 알지?"

홍주는 작게 고개를 끄덕였다. 그 반응에 유경은 잔뜩 들떴다. 홍주가 밥을 맛있게 먹었으니 부탁 하나를 들어주겠다고 했고, 유경은 자신의 관객이 되어달라 부탁했다. 유경은 목을 풀었다. 대본은 혼자서 많이 읽어왔지만, 누군가의 앞에서 하는 것은 정말 3년 만이었다.

"시작한다!"

유경은 불을 켠 촛불 세 개로 만든 동그란 원의 중심에 멈춰 서서 두 팔을 하늘 위로 올린 동작으로 공연 시작을 기다렸다. 홍주는 그 말에 공연 시작을 알리는 듯 박수쳤다.

유경은 진짜로 무대에서 연기하듯 배역마다 목소리를 바꿔가며, 소리도, 춤도, 완벽하게 해냈다. 비록 한 명이지만 관객이 있다는 사실에 유경은 신이 났다. 심지어 홍주가 집중하고 보니 더 신날 수밖에 없었다. 유경은 원래 이곳에 오게 되었던 이유들을 떠올렸다. 사람들에게 인정받고 싶었고 무대 위 더 높은 곳에 서고 싶었다. 그래서 유명해져서 찾고 있는 그 사람에게도 자신의 이름이 닿길 바랐다.

"늙은 범이 살찐 암캐를 물어다 놓고 이는 다 덥쑥 빠져 먹든 못 허고 넘노난 듯 너는 죽어 꽃이 되되 벽도홍삼 춘화가 되고 나도 죽어 벌나비 되야 춘삼월 호시절에 네 꽃송이를 내가 덥쑥 안고 너 울너울 춤추거드면 네가 나인 줄을 알려무나. 사랑, 사랑, 내 사랑 이야."

홍주는 그런 유경이 행복해 보였다. 겨우 촛불 세 개의 불빛에 의존해 춤추는 모습이 아름다웠다. 4년 전, 촛대로 열심히 춤을 추던 유경이 떠올랐다. 그때도, 지금도 유경은 무대에 온 마음을 다했다. 유경을 기억할 수밖에 없었던 것은 한 가지 이유였다. 무대 위 가운데에서 주인공들이 서로에게 사랑을 이야기하고 있을 때, 유경 역시 사랑을 이야기했다. 모든 관객이 주인공들을 바라보느라 왼쪽 네 번째에 서 있는 배우에겐 시선조차 두지 않겠지만, 유경은 계속해서 연기하고 있었다. 몸은 가만히 있더라도 눈빛이 반짝거렸다. 관객들의 박수는 주인공들의 등장에 더 많이 쏟아질 테지만, 그날 홍주는 유경을 향해 박수쳤다. 오늘도 당연히 홍주의 모든 박수는 유경을 위한 것이었다.

짝! 짝! 짝! 작은 창고 안 무대 위에 유경의 소리가 하나 끝날 때마다 홍주의 박수가 이어졌다.

유경은 춤을 추고 소리를 하며 바닥에 앉아 있는 홍주를 내려다보았다. 홍주는 유경의 춤사위와 소리에 엄청 대단한 사람을 보는 듯한 표정으로 국극에 푹 빠져 있었다. 그 눈빛에 응답하듯 유경의 춤사위가 점점 더 커졌다. 그러다 안무를 추던 유경이 실수로 초를 발로 찼다. 너무 들떴던 탓이다. 처음 해본 실수에 유경은 뜨거운 발끝을 느끼지도 못했다. 툭, 초가 쓰러지며 바닥에 깔린 담요에 불이 붙기 시작했다. 타닥타닥 건

조했던 낡은 담요는 제대로 마른 장작처럼 타들어 갔다. 순식간에 벌어진 일이었다. 당황한 유경은 어디 가지도 못한 채, 그 자리에 굳어버렸다.

그때, 바닥에 앉아 공연을 보던 홍주가 벌떡 일어났다. 그러고는 창고 밖에 쌓인 눈을 손으로 한 아름 가져와서는 불 위로 뿌렸다. 그렇게 몇 번 오고 가니, 아직 불씨가 크지 않았던 터라 바로 불씨가 잡혔다. 열기에 의해 눈이 축축하게 녹고, 바닥에 있던 담요엔 그을림이 남았다. 유경은 놀란 가슴을 쓸어내리며 다리에 힘이 풀린 듯 주저앉았다.

"미안해. 우리 둘 다 여기서 죽을 뻔했네."

"음……. 죽지는 않았을 거야. 창고 밖으로 뛰어나갔으면 되니까."

홍주는 놀란 유경에게 어색하게 너스레를 떨었다. 그러고는 유경의 어깨를 토닥였다.

"네 창고가 없어지지 않아 다행이다, 그치?"

홍주가 주저앉은 유경에게 붉어진 손을 내밀었다. 차가운 눈을 옮기느라 꽁꽁 언 모양이었다. 유경은 홍주의 차가운 손을 잡고 일어났다. 아, 따가워. 유경이 한 말에 홍주가 흘깃 보니, 초를 찬 오른쪽 발목에 작은 화상을 입은 듯했다. 홍주는 유경을 의자에 앉히고, 황급히 창고 안에 있는 바스켓을 챙겨 눈을 모아 왔다. 그러고는 눈으로 가득 찬 바스켓 안에 유경의 오른 발목을 넣고 눈으로 덮었다.

"차더라도 좀 참아."

추운 밖에서 눈을 쓸어온 홍주의 손이 더 새빨개졌다.

"너도 춥잖아. 네 손이 더 빨개."

"난 괜찮아. 맨날 겨울 산에서 자던 버릇이 들어서."

유경은 홍주의 온몸에 난 상처들을 보다가 그중 하나에 손끝을 살짝 가져다 댔다. 유경의 손길에 작게 놀랐던 홍주는 말없이 손으로 흉터를 만지고 있는 유경에게 괜찮다는 듯, 가볍게 어깨를 으쓱 위로 올렸다. 정말 별일 아니었다. 홍주에게 몸에 난 상처는 이제 너무 흔한 것이었다. 이렇게 많은 상처가 있음에도 여전히 살아 있다는 건, 이따금 홍주에게 동력이 되기도 했다. 그 때문에 더욱 자신의 몸을 살피지 않게 되기도 했지만.

"넌 배우인데, 흉터 생기면 안 되잖아."

"발목인데 뭐……."

"그래도 흉터는 안 생기는 게 좋으니까."

유경은 자신의 발목에 난 작은 화상에도 울상인 홍주를 바라보았다. 홍주의 목에 난 얇고 긴 붉은 상처는 아직 완벽히 아물지 않았다. 그 상처는 보질 못하나 싶었다. 어떻게 이렇게 여린 애가 이런 일을 하고 있지. 유경은 홍주를 보며 달걀을 떠올렸다. 매끈하고 얼굴형이 예쁜 탓도 있지만, 톡 하고 깨져버리면 안에 있는 것들이 모두 흘러나올 것 같은 아이였다. 안에 있는 이야기를 하기 시작하면 모든 것을 다 쏟아낼 아이, 그렇게 다 쏟아낼까 봐 더 조심하는 아이.

"나중에 내 공연 보러 와라. 전쟁 끝나면."

"당연하지. 그러니까 연습 잘하고 있어. 다치지 말고."

"아쉽네, 후반부에 춘향이가 우는 것까지 연기를 보여주고 싶었는데……"

"내일이 있잖아. 이어서 보여줘."

아, 내일도 있구나. 유경은 자신이 왜 유독 오늘 더 들떴는지 조금은 알 것 같았다. 왜 그렇게 신이 나서 춤을 췄는지, 왜 모든 배역의 대사를 다 읊고 싶었는지. 진정으로 하고 싶던 것이 이거였는데. 너무 오래 잊고 있던 3년이었다. 예쁘고 착하고 잘 웃는 카페 주인 역할을 하지 않아도 되는, 국극 배우라는 자기 모습으로 있어도 괜찮은, 자신의 비밀을 다 알고 있는 홍주를 만나서였다. 유경은 홍주가 이곳에 머무는 동안, 홍주에게도 자신이 그런 사람이면 좋겠다 싶었다. 저 아이가 다 털어내줄지는 모르겠지만.

〔중공군 점령지역, 피란민 수용소, 겨울〕

홍주는 카페 영업을 끝마치고, 잠시 홀로 피란민들이 모여 있는 곳으로 향했다. 유경에게 빌려 입었던 옷이 아니라 원래 갖고 있었던 남루한 옷으로 갈아입었다. 유경은 그런 행색으로 나가는 홍주에게 이유를 묻지 않았다. 그저 볼일이 끝나면 함께 저녁을 먹자고 말하고는 웃으며 보내줬다. 참 해맑은 웃음이었다. 전쟁 중이지만 평화로웠던 유경의 카페가 있던 거리를 벗어나자마자, 전쟁의 순간들이 더 잘 느껴졌다. 거리엔 폭격으로 부서진 건물들이 즐비했다. 온기가 사라진 거리에 겨울바람은 더욱 서늘하게 느껴졌다. 홍주의 다 찢어진 치맛

자락 속으로 바람이 거세게 들어왔다. 유경이 빌려줬던 옷이 따뜻했던 것임을 새삼 깨달았다. 그 추위 속을 얼마간 더 걸어가 피란민 수용소에 도착할 수 있었다.

홍주가 래빗으로 3년 동안 버티며 알게 된 요령 중 하나는 '소문을 듣는 것'이다. 예로부터 말은 다리 없이도 빠르게 다니는 것이라 하지 않았나. 이리저리 돌아다니다 마을에 들어온 피란민들이야말로 소문의 근원지인 셈이다. 운이 좋으면 더 북쪽의 소식을 들을 수도 있다. 피란민 수용소에 도착한 홍주는 나무판자들로 지어 올린 판잣집에 가까이 갔다. 줄을 서서 배식받은 이후에, 밥을 먹고 있는 피란민들 사이에 자연스럽게 끼어 앉은 홍주는 가만히 그들의 이야기를 들었다. 별 소득이 없는 빈 대화들이 한참 오갈 무렵이었다.

"저짝에 큰 집에 사는 그 중공군 군인 있잖여. 저짝 대장 말이여."

"아, 알지!"

장웨이를 의미하는 것이 분명했다. 그 소리가 들리는 방향으로 온 신경이 쏠렸다.

"그 카페 주인이랑 그렇고 그런 사이래매."

이건 유경을 의미하는 것이었다. 홍주는 괜히 자리가 불편해졌다.

"그 여자는 팔자 폈지, 뭐."

"죽어나는 건 우리 같은 사람들이지."

"예쁘다던데……."

장웨이에 관한 이야기는 어느새 유경에 관한 이야기로 바뀌어 있었다. 전쟁 중에 해맑게 웃고 있는 여자애는 그리 좋은 평을 받지 못했다. 전쟁 중엔 웃음이 금기인 것처럼 굴었으니까. 홍주에게도 참으로 칙칙한 3년이었다. 이러쿵저러쿵 떠드는 소리를 홍주는 그만 듣고 싶었다. 첩보 내용으로 영양가가 있지도 않았지만, 나라를 팔아먹는다는 둥 하는 이야기를 들으면 확 말해버리고 싶어졌기 때문이다. 애초에 그 아이가 이곳에 온 이유는 나라를 위해서라고 말이다. 아무것도 모르는 사람들 입에 오르내리는 그 예쁜 이름이 아까웠다. 그때, 한 아주머니가 사람들의 말을 단칼에 끊어버렸다.

"그 여자 얘기는 됐고, 그 집에서 이번에 일하던 사람들을 다 내쫓고 새로 뽑는다고 하대. 우리 피란민 중에서도 뽑는다고 하던데, 할 사람 없나?"

"무슨 일을 시키는데요?"

홍주의 질문에 피란민 아주머니는 친절히 설명해 줬다. 집안일을 할 사람들을 서넛 들인다는 말이었다. 순간, 그쪽을 공략해 볼까 했던 계획은 곧바로 지워졌다. 중국어를 못하면서 중국인의 집에 들어간다는 건 무모한 일이었다. 들어가 봐야 제대로 알 수 있는 정보가 거의 없을 테니까. 오히려 장웨이의 집에서 일하는 사람들과 친해지는 것이 더 이득이리라.

"원래 일하던 사람들은 왜 내쫓는데요?"

"그건 나야 모르지. 그 큰 집이면 뜨슨 밥 먹지 않겠어? 왜 아가씨도 생각 있어?"

"아! 아뇨. 그냥 궁금해서."

또다시 시작되는 수많은 대화 속에 다른 군부대가 이곳에 합류한다는 이야기는 없었다. 최근에 북쪽에서 아래로 내려온 사람들은 없어 보였다. 그리고 이어지는 이야기는 전쟁이 언제 끝나느냐에 대한 토론이었다. 사람들의 언성이 높아졌다. 갑자기 서로 멱살을 잡고, 신문에서 그러는데, 어느 군인한테 들었는데 같은 소문만 무성했다. 그런 토론의 결론은 단 하나였다. 이놈의 전쟁 좀 빨리 끝나라고 말이다. 양측이 나뉠 수가 없는 토론이었다.

사람들의 언성이 잦아들 무렵 그곳을 더욱 조용하게 만든 건, 한 여인의 흐느끼는 울음소리였다. 등 뒤에는 갓난아기를 업은 채였다. 주변에 있던 아주머니 몇몇이 다가가 갓난아기를 대신 안아주고 등허리를 쓰다듬었다. 홍주는 왠지 어떤 상황인지 바로 알 것 같았다. 아까 홍주에게 장웨이의 집 일자리

를 말해주던 아주머니가 다가와 알려주었다. 참 말 많은 아주
머니였다.

"애기 아빠가 전쟁 포로가 되어 갖고, 갑자기 저리 혼자됐
지. 오늘도 그 서류니 뭐니 빼내보겠다고 갔는데, 안 된 모양이
야. 쯧쯧."

"아…… 그렇군요."

홍주도 많이 봤던 상황이다. 피란민이 아니라 간첩일까 봐,
연합군들도 피란민 서류를 받아야만 피란민 수용소에 받아들
여 주기 때문이다. 그 서류가 미비한 상황일 때, 대부분의 성인
남자는 간첩일지도 모른다는 의심을 받았다. 그래서 아내와
아이는 피란민으로 분류되지만, 남편들은 전쟁 포로로 분류되
는 경우가 종종 있었다.

그렇게 갑자기 혼자가 된 여인은 갓난아이와 함께 눈물을
흐느꼈다. 흰옷을 입고 있는 전쟁 포로들은 언제 처형되어 죽
을지도 모르기 때문이다. 피란민이라면 전쟁 중 필히 보호해
야 하지만, 전쟁 포로의 경우 그렇지 않다. 의심의 불씨가 조금
이라도 일어난다면, 그 결과는 불이 타오르는 것뿐이다.

[중공군 점령지역, 카페, 겨울]

아이와 엄마의 울음소리를 뒤로 한 채, 홍주는 유경과 함께

저녁을 먹기 위해 카페로 향했다. 배식 받았던 음식은 말 많던 아주머니에게 다 주고 오는 길이었다. 카페 앞에 도착한 홍주는 안에 앉아 있는 누군가를 발견했다. 중공군 군복 차림의 한 남자였다. 유경이 말한 같은 편이라던 소위일까. 홍주에게는 해맑게 웃는 유경과 그녀를 마주 보고 같이 웃고 있는 듯한 남자의 뒷모습만 보였다. 정확히 누구일까? 홍주가 카페 앞에서 그 안을 제대로 보기 위해 더 가까이 다가갔을 때, 카페 밖에 있던 홍주와 살짝 눈이 마주친 유경이 홍주를 모른 척했다. 그 순간, 홍주는 중공군 군복 차림의 남자가 누구인지 알아챘다. 유경의 애인이자 정보원, 이 지역을 관리하는 장웨이였다.

홍주는 카페 맞은편 좁은 골목에 숨어 카페 안을 지켜봤다. 유경과 장웨이는 한참을 재밌게 떠들었다. 멀리서 보기엔 식사할 때마다 체할 것 같다는 유경의 말이 거짓이 아닐까 싶었다. 저 표정도 연기일까. 그렇게 한참 재밌게 이야기하던 그들은 어디론가 나갈 채비를 하고는 함께 카페를 나섰다. 유경은 홍주더러 보라는 듯이, 좁은 골목 쪽을 바라보며 열쇠를 카페 앞 작은 화분 아래에 숨겼다. 그러고는 장웨이와 팔짱을 끼고 그의 집 쪽으로 향했다. 뒤에서 바라보던 홍주는 그 둘의 관계가 꽤 자연스럽다고 생각했다.

그들이 완전히 떠난 것을 확인한 후, 카페 앞 화분 아래에서

열쇠를 꺼내 안으로 들어간 홍주는 아직 실내가 따뜻함을 알아챘다. 유경이 일부러 난로를 켜고 간 것이다. 카페 안쪽 부엌으로 들어가니 배춧국이 식어 있었다. 그리고 계산대 쪽엔 유경이 남긴 메모가 있었다. 급하게 쓴 듯, 휘갈긴 모양이었다.

오늘은 같이 못 먹겠다. 미안. 집 열쇠는 계산대 아래 서랍장에 있어.

홍주는 배춧국을 다시 끓이지도 않고 그냥 밥을 넣어 말아 먹었다. 밥의 온기가 국을 살짝 데웠다. 정말 어마어마하게 조용한 저녁이었다. 밖에 눈 내리는 소리가 들릴 듯했다. 이전에 유경이 말했던 조용한 저녁이 이런 저녁 시간이었을까. 따뜻한 난로가 무색하게, 카페 안은 추웠다. 배춧국도 빠르게 식었다. 꾸역꾸역 밥을 넘긴 홍주는 부엌에서 그릇들을 정리했다. 남겨진 배춧국 한 그릇과 밥 한 공기 위에 밥상보를 올려두었다.

그때, 지원은 유경이 장웨이와 저녁 약속이 있으니 당연히 비어 있을 줄 알았던 카페 앞을 지나가다 그 안에 있는 홍주를 발견했다. 카페를 정리하던 홍주는 내부를 들여다보고 있는 지원을 발견하고, 문을 열었다. 그러고는 손짓을 이용해서 큰 소리로 천천히 말했다.

"저, 희, 지, 금, 문, 닫, 았, 어, 요!"

중국어를 못하니 답답한 마음에 되레 한국어로 큰 소리가 나온 거였는데, 지원은 홍주의 목소리를 듣더니 놀라서 가만히 홍주를 바라봤다.

"못, 알, 아, 들, 으, 시, 죠?"

홍주가 답답해하자, 지원은 얼른 한국어로 답했다.

"아…… 원래 여기서 일하셨습니까?"

"어? 한국어 할 줄 아세요?"

"전 한국인입니다."

"아…… 저는 잠깐 일 돕고 있어요. 지금 문 닫았으니까 돌아가세요."

홍주는 방금까지 자신의 행동이 부끄러워 얼른 이 군인이 가줬으면 했다. 동시에 지원은 홍주의 정체를 의심했다. 그리고 유경을 떠올렸다.

'왜 안 하던 짓을 하지.'

〔열흘 전, 서울, 켈로 부대 본부, 겨울〕

"그 래빗은 믿을 만한 거냐."

오랜만에 만난 최대희 소령의 첫 말이었다. 지원은 곧바로 답했다.

"간첩으로 회유된 인원은 아닙니다."

"진짜로? 확실하냐?"

"예, 확실합니다."

"네가 확인했다고 하니 일단 그 래빗은 믿어보마. 그런데 넌 그 래빗의 정보원까지 믿어?"

지원은 순간 장웨이를 떠올렸다. 싱긋 웃으며 능글맞게 구는, 속을 알 수 없는 사람. 그리고 최대희 소령의 질문에는 이미 답이 정해져 있었다.

"제가 직접 보고드린 정보에 문제가 있다면, 직접 확인해 보겠습니다. 명령만 내려주십시오."

최대희 소령은 지원의 답이 아주 마음에 들었다. 자신이 말을 많이 하지 않아도 지원은 잘 알아들었다. 그렇다고 눈치를 많이 보는 편은 아니었다. 오히려 눈치를 안 보는 편에 가까웠다. 그렇지만, 상대방의 속뜻은 잘 파악하는 편이었다. 첩보원으로 최고의 재능이었다.

"뭐 직접까지야. 전방기지에 있는 래빗을 보내기로 했다."

"이미 장웨이가 저희를 의심하고 있다면, 다른 방식으로 확인하는 것이 낫지 않겠습니까?"

지원의 마음은 이미 직접 가는 방향으로 향한 듯했다. 최대희 소령은 묘하게 적극적인 지원을 가만히 바라보다 물었다.

"직접 가서 그 래빗도 데려오게?"

"예, 제가 데려갔으니, 다시 돌아올 길도 만들어줘야 하지 않겠습니까?"

"효율적이긴 하네. 어차피 전쟁이 끝나기 전에 데려오긴 해야 하니까."

"예, 그러면 제가 직접 가보도록 하겠습니다."

"근데 그 정보 희한한 구석이 있어. 일부는 다른 정보원이 준 것과 같고, 일부만 달라. 그러니 더 의심되는 거지. 그러니까…… 조심하라고."

"예, 알겠습니다."

"조심해서 다녀와라. 전쟁 끝나면 밥 먹자."

최대희 소령은 지원의 어깨를 두 번 쳤다. 지원은 허리를 숙여 인사하고는 본부 건물을 빠져나왔다. 작전을 허락받고 건물을 빠져나온 순간부터, 지원은 북한군으로 위장하여 적진에 침투할 계획을 세우기 시작했다. 그가 늘 그랬듯, 착실하고, 치밀하게.

〔일주일 전, 중공군 점령지역, 장웨이의 저택, 겨울〕

"지휘관님, 한 북한군이 길을 잃었다며 받아달랍니다."

"내가 왜?"

장웨이는 심드렁한 표정으로 자기 부하를 바라보았다. 귀찮은 일이었다. 새로운 누군가를 들이는 일은. 지원은 잔뜩 긴장한 표정으로 장웨이의 앞에 무릎을 꿇고 앉아 있었다. 장웨이는 내보내라는 손짓을 했다. 부하들이 지원을 끌고 나가려할 때, 지원은 황급히 중국어로 말했다.

"받아주십시오. 본대에서는 낙오됐고, 군인으로서 갈 곳이 없습니다."

부대와 떨어져 길을 잃은 북한군. 지원이 정한 역할이었다. 거기에 능숙한 중국어는 장웨이의 관심을 받기 위한 설정이었다. 역시나, 장웨이는 한국어와 중국어 모두가 능숙한 지원을 보고 그냥 지나치지 않았다. 3년 동안 유경을 통해 들어온 장웨이는 그런 인간이었으니 말이다. 능글맞고 속을 알 수 없지만, 필요한 것은 확실하게 취하는 인물이었다. 타지에서 근무하는 장웨이가 한국어도 잘하고 중국어도 잘하는 부하를 찾고 있다는 이야기를 유경에게 들었다.

"오, 우리말 할 줄 아네. 그러면 내 일 좀 도와라."

"예, 감사합니다."

그렇게 장웨이의 통역병으로 일하기 시작했다. 혹시나 해서 시도해 본 계획이 통했다. 안 되면 그냥 소속 군인으로만 있으려고 했는데, 경우의 수 중 최상이 선택됐다. 지원은 운수가 좋다고 생각했다.

"어이, 너는 왜 군인이 됐어?"

장웨이의 갑작스러운 물음이었다. 지원은 장웨이가 부탁한 서류들을 정리하고 있다가 고개를 들어 그를 바라봤다. 어쩌다 군인이 되었더라.

"갑자기 전쟁이 났고, 제 팔다리 멀쩡하니 군대에 입대하게 된 거죠. 별 이유는 없습니다."

지원은 연기하고자 했던 북한군의 설정을 그대로 말했다. 장웨이는 이해가 된다는 듯 고개를 끄덕였다. 다시 지원은 장웨이가 시킨 서류 작업에 집중했다. 상부에 보고하는 건이었다. 중국어로 적혀 있는 서류들을 읽어가며 무슨 서류들인지 확인했으나, 그다지 중요한 정보가 있지는 않았다. 잘만 하면 전투서열을 곧바로 확인할 수 있지 않을까 싶었는데, 장웨이는 아직 지원을 완벽히 신뢰하지 않는 듯했다. 장웨이는 하품하며 의자에 눕듯이 기대 담배를 피우기 시작했다. 지원은 장웨이가 뿜어내는 담배 연기를 바라보았다. 연기는 천천히 퍼져 어느새 방을 채웠다.

왜 군인이 되었더라. 지원은 장웨이에게 말하지 못한 진실을 떠올렸다. 지원이 입대하게 된 이유는 단 하나였다. 전쟁이 났고, 아래쪽으로 피란을 왔을 때, 독립운동가였던 아버지의 유지를 따라 나라를 지키기 위해 자원입대했다. 그의 고향이 함경북도였기에 켈로 부대에 들어갈 수 있었다. 북쪽 지방 출신이거나, 그곳에서 내려온 사람들은 켈로 부대에서 또 다른 훈련을 받았다. 단순히 전투에 나가는 부대가 아니라 드러나지 않는 첩보 작전을 펼치는 부대라 더 매력적이었다. 피가 잔뜩 끓었던 것 같다. 지원은 군인으로서, 늦은 밤 평화를 깬 총소리들이 비겁하다고 생각했다. 그런데 점점 길어지는 전쟁은 뜨겁던 피를 식게 했다.

패배했다는, 혹은 승리했지만 수많은 전우가 사망했다는 소식은 더는 승리로 인한 성취감으로도 무시할 수 없는 감정이 되었다. 인천을 수복했다더라, 발전소를 되찾았다더라, 하는 승리에 대한 소식 뒤엔 170명의 대원이 사망했다더라라는 꼬리표가 붙었다. 그제야 자신은 아버지와 같은 사람이 될 수 없다는 것을 깨달았다. 대의를 위한 희생, 더 큰 가치를 위해 이 한 몸을 던질 수 있는, 그런 것이 뭘까. 독립운동을 하기 위해 만주에서 군인이 되었던 아버지. 그 시절의 아버지도 이런 생각을 했을까.

언젠가 유경이 말했다.

"나 어릴 때, 만주에서 살았어요. 진짜…… 뭐, 어쨌든 고생했어요. 난 내가 거기서 죽는 줄 알았지 뭐예요. 근데 거기에 독립군들이 있다는 게 그래도 자부심이었어요. 자랑스러워할 수 있는 누군가 있다는 게 그런 거예요. 만나본 적은 없지만, 힘이 됐다고요."

"만나서 제대로 지켜주면 좋았을 텐데요."

"꼭 만나야 아나요? 아버지가 독립군이셔서 군인이 됐다면서요. 소위님도 만나본 적은 별로 없다지만, 그 뜻을 이었잖아요."

아버지의 흔적은 사진 한 장이 다였다. 그리고 몇 통의 편지. 그것도 감시가 심해지면서 끊어졌다. 어릴 적 본 아버지의 얼굴은 어땠더라. 웃고 계셨던 것 같기도 하고, 혼내고 계셨던 것 같기도 하고. 언젠가 꿈속에서 왜 나에게 이런 길을 걷게 하셨냐고 화도 냈다. 그때는 그저 웃으셨던 것 같다. 그런데 아버지, 이 전쟁은 독립운동과는 다릅니다. 이 전쟁의 적은 다른 나라가 아니거든요.

최대희 소령은 이성적이었고, 동시에 확실했다. 불같이 화를 내는 한이 있어도 전략적으로 이상한 선택을 절대 하지 않았다. 똑똑한 상관이었다. 그리고 똑똑한 상관은 대원들을 슬픔에 젖어 있게 두지 않았다.

"계속 나아가야 한다. 그게 우리가 할 일이다."

제대로 풀지 못한 슬픔은 쌓이거나 무뎌졌다. 그렇지만, 슬

품은 꽤나 묵직해서 무뎌진 상태로도 계속해서 발길을 채갔다. 지원은 그렇게 서서히 묶였다.

"어이, 무슨 생각을 그리해?"

상념에 빠졌던 지원을 끌어올린 건, 미간을 찌푸린 장웨이였다.

"아, 그냥 전쟁 나기 전이 생각나서 그렇습니다. 늘 그렇지 않습니까? 아무 일도 없던 때를 그리워하죠."

"그렇지. 그리워하는 게 사람이지. 그럼 이번 전쟁이 끝나면 난 실직하려나."

지원은 멋쩍게 웃었다. 장웨이는 다시 담배를 뻑뻑 피우며 의자에 기대듯 누웠다. 방 안이 담배 연기로 가득 찼다.

"아, 오늘 저녁은 애인이랑 같이 먹을 거야. 저번에 봤지? 오늘은 일찍 들어가 봐."

"예, 알겠습니다."

〔**중공군 점령지역, 장웨이의 저택, 겨울**〕

장웨이의 안내에 따라 도착한 2층 접대실 안 식탁 위에는 푸짐한 음식이 가득했다. 전쟁 중이라고 보기엔 호사스럽다. 그런 감상을 숨긴 유경은 자연스럽게 웃으며 음식을 맛있게 먹기 시작했다. 장웨이는 그 모습을 만족스럽게 보았다. 그의 시선에 이따금 유경은 눈을 맞춰주며 미소 지었다. 평화로운 저녁 시간이었다. 푸짐한 식사를 마치고, 정리해 주는 도우미를 바라보는데 왠지 모르게 낯설다. 유경은 말하고 싶은 중국어를 한참 생각했다. 어떻게 말해야 할 줄은 이미 알고 있었지만, 어떻게 하면 적당히 서툴면서 적당히 실력이 는 것처럼 보일 수 있을지를 고민했다. 고민에 빠진 유경을 장웨이는 사랑스러운 눈빛으로 보고 있었다.

"무슨 생각을 그리 해?"

"사람들이 바뀐 것 같아서요."

"아, 사정이 있어서."

유경은 장웨이가 일부러 중국어를 느릿하게 해주며 뿌듯함을 느낀다는 것을 알고 있었다. 그래서 유경의 서툰 중국어 흉내가 시작됐다. 적당히 모르고, 전쟁 중이라는 티가 안 나는 사람. 장웨이가 원하는 여자였다. 늘 해맑고, 농담에 웃고, 슬픈 일은 하나도 없을 것 같은 그런 여자가 됐다. 이따금 노래를 불러주고, 가볍게 춤도 춰주고. 유경은 장웨이에게 전쟁 중이라는 것을 잊게 해주기만 하면 됐다. 그의 앞에서 한 번도 전쟁이라는 말을 입에 올린 적이 없었다. 무섭고 두렵다는 말도 하지 않았다. 그렇게 이어진 3년이었다.

"아, 근데 당신, 노래와 춤은 어디서 배운 거지?"

장웨이는 일부러 느리게 말했다. 손짓도 크게 하면서.

"배운 적 없지요. 그냥 흥에 취해 즐기는 것뿐입니다."

"그럼 오랜만에 한 번 보여줘."

유경은 쑥스러운 듯 일어나서 가볍게 노래를 부르며 살랑살랑 춤을 췄다. 장웨이는 전축을 켜고선 유경의 손을 잡고 춤을 이었다. 서로 마주 보고 두 손을 맞잡은 채 천천히 돌면서 말했다.

"카페에 여자애 한 명을 들였다며?"

뜨끔했다. 카페에 오는 중공군 군인들은 유경에게도 정보원이겠지만, 장웨이에게도 정보원이었다.

"그냥 피란민 아이예요. 카페 앞에 쓰러져 있지 뭐예요."

"잘 모르는 이를 집 안에 들이다니 부주의하군."

"괜찮아요. 아무 일도 없을 거니까요. 제게는 지휘관 님이 계시니까."

장웨이는 발을 멈췄고, 유경도 따라 멈췄다.

"……나한테도 아무 일 없겠지?"

유경은 도둑이 제 발 저린 듯 심장이 쿵 하고 떨어졌다. 미소, 미소를 잃어선 안 된다. 대답이 늦어서도 안 되었다. 유경은 미소를 띠며 되물었다.

"당연하죠. 무슨 일 있으십니까?"

"이번에 피란민 중에서 사람을 들였거든."

바뀐 사람들이 피란민이었나. 유경은 미소를 되새겼다. 계속 웃으며 말해야 했다. 생각이 없어 보이게, 가벼워 보이게, 그저 맛있는 밥에 들뜨는 어린아이처럼.

"아! 아무 일도 없을 거예요. 밥이 정말 맛있던걸요."

"그렇겠지?"

장웨이는 다시 음악에 맞춰 발을 움직이기 시작했고, 유경도 따라 움직였다. 살랑거리는 유경의 치맛자락이 그녀가 움직일 때마다 흔들렸다.

"다음에 만날 때는 그때 소개한 통역병과 함께하지. 우리가 진정으로 터놓고 이야기를 해보면 좋을 것 같아서 말이야."

"좋습니다. 뭐든지요."

유경은 장웨이가 좋아하는 웃음을 띄고, 좋아하는 속도로 말했다. 장웨이는 만족스러운 듯 미소 지었다.

〔중공군 점령지역, 유경의 집, 겨울〕

늦은 밤, 아니 어쩌면 새벽에 유경은 카페 건물에 도착했다. 건물 2층에 있는 집으로 올라가며 유경은 잠들었을 홍주가 깰까 봐 발걸음을 조심스레 옮겼다. 그런데, 방 밖으로 스며 나오는 불빛이 유경을 맞이했다. 홍주가 깨어 있었다.

"왜 안 자고 있어?"

"그냥 잠이 안 와서."

홍주는 유경의 책을 읽던 중이었는지, 책의 중반부에 손가락을 끼워두고 있었다. 낮은 책상에 살짝 기대고서, 홍주는 외투를 정리하는 유경을 바라봤다. 책 사이에 끼운 손가락을 꼼지락거리다가 물었다.

"늦게 왔네?"

"아, 오늘 갑자기 긴급 상황이 벌어져서 간신히 나왔어."

유경은 외투를 정리하면서도 홍주가 든 책의 책장이 넘어가지 않고 있는 게 신경 쓰였다. 꼼지락거리는 손까지.

"······책 읽고 있었어?"

"아, 맞아. 책 좀 봐도 돼?"

홍주는 어색하게 답했다. 유경은 그 어색함을 바로 눈치챘다. 쟤는 어쩜 저렇게 3년 동안 래빗으로 버틸 수 있었던 거지. 홍주가 숨기지 못하는 표정을 유경은 그저 흘려보냈다. 어색한 상황이라면 흘려보내는 편이 편했다. 상대의 감정을 잘 알아차리는 것은 유경의 재능이기도 했으나, 재능이 늘 자신에게 이롭기만 것은 아니었다. 언제였을까. 진심이 담긴 걱정으로 다가섰으나, 오히려 상대는 숨겨왔던 마음을 들켰다는 이유로 오랜 관계가 멀어졌었다. 그때 이후로, 보여도 안 보이는 척 넘기는 것이, 상대가 보여주고 싶은 면이 아니라면 굳이 알려 하지 않는 것이 지혜임을 깨달았다.

"여기 있는 동안 다 봐도 돼."

"고마워."

홍주는 책을 흔들며 답했다. 유경이 편한 옷으로 갈아입는 동안, 홍주는 아까 떠올렸던 질문을 할까 망설였지만 결국 유경이 옷을 다 갈아입을 때까지 입 밖으로 내뱉지 못했다. 유경은 생각에 골똘히 빠진 홍주를 가만히 바라보았다. 홍주는 유경이 자신을 쳐다보고 있는 줄도 몰랐다. 그런 홍주에게 유경은 가볍게 화제를 던졌다.

"그 책 재밌어?"

"아? 어…… 재밌는데?"

홍주는 한 박자 느린 답을 했다.

"여자 주인공이 답답하지 않아? 난 좀 그렇던데."

"음, 글쎄? 난 잘 모르겠네."

유경은 당황한 홍주의 표정을 보며 생각했다. 저 표정을 어디서 보았더라. 지원이 종종 저런 표정을 지을 때가 있었다. 무언가 말하고 싶은 것이 있는데 숨길 때, 딱 저런 표정이었다. 어색한 상황이 아니라, 망설이고 있던 거였나. 이전처럼 묻지 않고 넘어가는 게 맞을까. 고작 일주일일 텐데, 그렇게 굴어야 할까. 왠지 모를 충동이 유경에게 밀려왔다. 새벽이어서일지도 모르겠다.

"뭐가 그렇게 궁금해서 잠도 안 자고 날 기다렸어?"

유경은 책을 보고 있던 홍주의 바로 앞에 앉아서 물었다. 홍주는 자신의 앞에 앉은 이 눈치 빠른 사람은 이길 수 없음을 깨달았다.

"어떻게 알았어?"

"배우의 기본은 관찰이지. 어떨 때, 어떤 표정을 짓나. 어떨 때, 어떤 눈빛을 하나. 그걸 기억하고, 똑같이 연기해 내야 배우 아니겠어?"

유경은 농담조로 말하며 분위기를 풀었다. 유경에게는 누구든 속에 있던 말을 다 내어 보일 수 있게 만드는 재주가 있었다.

"음…… 그러니까 말이야."

"응."

유경은 말을 끌어내기 위해 미소를 지으며 홍주의 눈을 부드럽게 쳐다봤다. 어떤 말을 해도 들어주겠다는 뜻이었다. 홍주는 이에 결심한 듯 읽고 있던 책을 덮고 내려놓았다. 책갈피를 하거나, 책장의 모서리를 접지도 않은 채, 책을 덮었다.

"그 장웨이라는 사람, 진심으로 사랑하지 않아?"

"뭐? 그게 질문이야?"

유경은 홍주의 질문이 어이없다는 표정을 지었다. 반면, 홍주의 눈빛엔 쓸쓸함이 가득했다. 홍주는 처음으로 자신이 속한 부대의 이야기를 꺼냈다.

"우리 부대에서 래빗들은 간첩인 걸로 생각되면 다음 날부터는 얼굴을 볼 수가 없어. 어떻게 죽는지는 알 수 없지만, 어쨌든 다시 볼 수 없어. 그 사실을 알면서도 계속 몇몇은 진짜로 간첩이 되더라. 고작 일주일, 길게는 보름. 그 기간에도 변절을 의심받는데…… 넌 3년 동안 그 사람의 애인이면서 한 번도 마음이 흔들린 적이 없어? 아무리 연기라도 말이야."

홍주는 아까 전 카페 안에서 장웨이 앞에서 웃고 있던 유경을 떠올렸다. 유경은 홍주의 질문에 잠시 생각하는 듯하다 당연하다는 말투로 말했다.

"없어. 뭐, 높으신 분들이 날 의심하셨을 수도 있지만, 정보만큼은 확실했으니까."

"……어떻게 그럴 수 있어?"

"응? 뭐가?"

"어떻게 변하지 않을 수 있어?"

홍주는 진정으로 궁금했다. 어떻게 그 시간 동안, 그대로일 수 있었는지 말이다. 모두가 변했던 3년 동안, 어떻게 변하지 않고 버틸 수 있었는지, 어찌 아직도 누군가의 감정을 들여다보고 보듬어줄 만큼 여유로운지.

"간단해, 그 사람이 좋아하는 건 내가 아니거든. 내가 만든 카페 여주인 유경이지. 이 세상에는 없는 사람이야. 나를 좋아하지 않는 사람을 내가 왜 좋아하겠어."

"마음이라는 게 그렇게 간단한가?"

"뭐, 나한테 잘해주면 좋지. 그런데 그 사람은 내가 가장 원하는 걸 줄 수가 없어. 그게 뭘 것 같아?"

유경은 장난스레 물었고, 홍주는 깊이 생각했다. 그리고 유경이 원하는 답을 내놓았다.

"……무대?"

"정답이야. 그러니까 이상한 생각하지 말고, 잠이나 자. 얼른!"

홍주와 유경은 이부자리를 펼쳐 나란히 누웠다. 책상 위 옅은 촛불 하나만이 방을 밝히고 있었다. 유경은 천장을 올려다보며 조금 전 홍주의 물음에 대해 생각했다. 홍주에게는 호언장담했지만, 설마 한 번도 마음이 흔들린 일이 없었을까. 그때마다 유경은 자신의 무대를 떠올렸다.

장웨이에게 따뜻한 밥과 친절을 받고 있노라면, 마음이 흔들릴 수밖에 없었다. 그냥 여기서 작전을 멈춰도 괜찮지 않을까. 머리 아픈 연기는 그만해도 되는 것이 아닐까. 이 사람은 나를 좋아하고, 나도 적당히 맞춰줄 수 있을 것 같고, 그럼 편하게 살 수 있지 않을까. 전쟁이니 정치니 모두 내려놓고 편히 흘러갈 수 있지 않을까. 매일 밤을 고민한 적이 있었다. 추운 겨울에 이곳에 정착해서 처음으로 장웨이를 마주했을 때, 그

가 사랑한다고 고백했을 때, 그와 처음으로 춤을 추었을 때, 그
런 밤에 눈을 감고 누우면 귓전에 박수 소리가 들려왔다. 관객
들의 함성, 박수와 조명의 반짝거림, 무대 위 그 짜릿한 기분.
그런 것들은 절대 이 사람이 주지 못한다는 것을 확신하고 나
면 잠이 잘 왔다.

"너는?"

이제는 유경의 질문이었다. 홍주는 아직 말똥말똥 뜨고 있
던 눈으로 유경을 바라봤다.

"나?"

"너희 쪽도 변절한 사람들 많았다며. 근데 너는 변절할 생각
안 해봤냐고."

"난 없었어."

홍주는 단호했다. 눈빛도 말갛다.

"어떻게 너는 그럴 수 있었는데?"

"난 적진에서 누구랑 동무가 되어본 일이 없거든. 내가 3년
동안 살아남을 수 있었던 건, 있는 듯 없는 듯한 사람이라 그래."

유경은 홍주가 왜 저리 표정을 숨기지도 못하면서 이곳에
서 살아남을 수 있었나를 알 수 있었다. 표정을 숨겨야 하는 사
람조차 만들지 않았던 탓이다. 창밖에 바람이 거세게 부는 듯
창이 흔들렸다.

"나랑은 동무잖아? 그치?"

"응, 그치."

"변절한 사람들도 다 그 때문이었을까? 적군과 동무가 되어서?"

홍주는 한참을 생각하는 듯하다 천천히 입을 뗐다.

"각자의 사정이 있었겠지. 그래서 궁금했어. 너는 어떻게 그 마음을 계속 유지할 수 있는지."

"변절하면 그냥 나쁜 사람인 거지, 사정이 뭐가 중요해. 그 사람을 믿어준 사람들은 뭐가 돼? 나는 날 믿어주는 사람을 실망하게 하고 싶지 않은 마음도 커. 변절한 사람들은 그 믿음까지 저버린 거야. 그러니 사정 같은 거 알고 싶지 않아. 그렇게 사정 다 봐주다 보면, 세상에 미워할 사람이 없잖아."

"너도 누굴 미워하니?"

"당연하지. 항상 누군가를 미워해. 너는 착해서 안 그런 모양이지만."

"내가 착한가?"

유경의 미간이 씰룩였다. 참 미련한 답이었다. 착한 건지, 맹한 건지, 어쩌면 누구에게도 깊은 관심을 안 두는 것인지……. 그래놓고는 양손이 빨개지게 눈을 퍼 와서 화상을 치료해 주던 홍주의 모습이 잘 이해되지 않았다. 유경은 자신의 오른쪽 복숭아뼈를 만졌다. 흥이 남지 않아 살결이 부드러웠다. 유경의 발목 위로 눈을 덮어주던 홍주를 떠올렸다. 아, 그래, 홍주는 마치 눈 같았다. 유경은 자신이 홍주에게서 느낀 분위기에 대해 조금 갈피를 잡아가고 있었다. 차갑다가도 쌓이면 따뜻했다가 손안에 두면 금세 녹아버리는 그런 눈. 그래서 자꾸 알고 싶은 그런 눈.

홍주가 말을 덧붙였다.

"나만 살아남았어. 나랑 같은 트럭 타고 입대한 애들 중에서. 참 독하지?"

유경은 덤덤하게 말하는 홍주의 얼굴이 여태껏 본 중에 가장 슬프다는 것을 알아챘다. 감히 저 표정 뒤에 숨긴 마음들을 건드렸다가 후폭풍을 감내하지 못할 것 같았다.

"나도 살아남았잖아. 참 독하지?"

가볍게 웃으며 분위기를 풀어낸 유경이 살짝 몸을 일으켜 옅은 빛을 내고 있던 촛불을 껐다. 완벽한 어둠이 되었다. 내일을 위해 준비할 시간이라는 뜻이었다.

〔**평양, 허름한 창고, 겨울**〕

승희는 추위에 벌벌 떨면서 창고 구석에 쪼그려 앉아 있었다. 눈길에 젖어 축축해진 옷이 무겁고 차가웠다. 마치 눈꺼풀의 무거운 무게 마냥. 승희는 눈을 크게 깜빡깜빡 떴다가 감았다. 정신을 똑바로 차려야 했다. 그렇게 한참 기다렸을까. 드르륵 소리와 함께 창고 문이 열렸다. 다급한 모습으로 윤정이 들어섰다.

"늦어서 미안합니다."

윤정의 단단한 목소리가 창고를 울리자, 승희는 슬그머니 창고 구석에서 나왔다.

"오늘 이곳에서 만나기로 하신 분 맞으십니까?"

"예."

윤정이 주섬주섬 무언가를 꺼내려고 하자 승희는 긴장했다. 승희는 윤정이 보여주는 반짝이는 명패에 안도했다. 승희역시 가슴팍에서 명패를 꺼내 보여줬다.

"첩보 내용 말씀해 주세요."

"이번에는 내용 확인인가 봅니다."

"예, 그렇습니다."

"저번처럼 말할 테니 잘 외워야 합니다."

"예."

윤정은 무언가에 쫓기는 듯, 빠르게 주요 정보들의 키워드와 날짜, 부대 이동 시기를 쏟아냈다. 지난번, 홍주와 현호에게 전달했던 내용이었다. 승희는 윤정이 쏟아내는 정보들을 차곡차곡 머릿속에 채워갔다. 추위에 차가웠던 머리가 뜨겁게 달아오르는 기분이었다.

"이게 끝입니다."

"네, 다 외웠습니다."

"그리고 나도 이곳에서 끝입니다."

"예?"

"오늘 밤에 이곳에 폭격이 예정되어 있습니다. 그래서 난 오늘 밤 이곳을 빠져나가 서울로 갑니다. 당신도 무사 귀환하길 바랍니다."

윤정은 빠르게 창고를 벗어났고, 창고 밖에서 트럭의 시동 소리가 들렸다. 잠깐 멍하게 있던 승희 역시 복귀를 위해 빠르게 움직였다. 지난번, 홍주와 현호가 지나온 길이었다.

승희는 빠르게 눈을 가르며 산속을 뛰어올랐다. 가슴 속에 차가운 공기가 가득 찼다. 아까와 달리 춥지는 않았다. 산을 오르는 길에 땀이 나기 시작했다. 함께 훈련할 때 홍주에게 들었던 이야기가 떠올랐다. 추울 때는 무조건 달려야 한다고. 홍주가 왜 그렇게 말했는지 깨닫는 순간이었다. 춥지 않게 계속 달렸다. 하지만 방향은 아군 기지가 아니라 산 정상이었다. 오늘 밤에 폭격이 있다는 윤정의 말에 승희는 잠시 부대 복귀를 미루고 산 정상을 택했다. 적군 기지에 폭격이 내리면, 그 모습이 가장 잘 보일 곳으로 말이다. 검붉은 화염을 보고 적군의 비명을 들으면 가슴속에 불타는 복수심을 조금은 식힐 수 있지 않을까 해서였다.

승희의 오라버니 승훈은 좋은 사람이었다. 그를 본 모두가 그의 성품과 자질을 칭찬했다. 승희에게 승훈은 자부심이었고, 기댈 수 있는 언덕이었다. 그러니까 이런 전쟁에서 죽기에 아까운 사람이었다. 승훈의 전사 소식이 들려왔을 때, 지뢰를 밟아 온몸이 갈기갈기 찢겼다는 이야기를 들었을 때, 그래서 시신을 제대로 수습할 수 없었다는 말을 들었을 때, 승희는 모든 것이 거짓말이라고 생각했다. 이 세상에 신이 있다면 그럴 수는 없었다. 착하디착한 오라버니가 죽어야 할 이유는 전혀 없었다.

소식을 들은 동네 사람들은 승훈이 좋은 곳에 갔을 거라며 승희를 위로해 주었다. 그렇지만 똥 밭에 굴러도 이승이 낫다는 말이 왜 있겠는가. 승희에게 죽어서 가는 좋은 곳은 중요하지 않았다. 오라버니를 죽인 사람들에게 복수하겠다는 마음뿐이었다.

차가운 눈밭을 거의 맨발로 올라가는 중이었지만, 발이 전혀 시리지 않았다. 머리부터 발끝까지 온몸이 뜨거웠다. 한참 올라간 산 정상에서 승희는 기대하고 있었다. 불바다를 말이다. 완전히 어둠이 내리고 모두가 잠든 것 같은, 세상에 적막이 내리는 그 순간, 비행기 모터 소리가 정적을 깼다. 한 마을이 불바다가 되는 것은 한순간이었다.

승희는 그 모습을 보고 깔깔깔 웃었다. 짙은 회색 연기가 풀풀 하늘 위로 올라오고 있었다. 매캐한 연기가 산 정상까지 올라와 승희는 눈이 매워 울었다. 웃다가 울다가 승희는 미친 사

람처럼 산 정상 위를 뛰어다녔다. 복수심으로 가득 찼던 가슴
이 식기는커녕 텅 비어갔다. 그렇게 승희의 첫 임무는 지나가
고 있었다.

〔10년 전, 만주, 봄〕

유경이 부모님을 잃고 만주의 빈집에 홀로 앉아 있을 때, 한 여인이 찾아왔다. 양장을 입은 화려한 여자를 유경은 경계했다. 화려한 사람들을 조심해야 한다고 유경의 엄마가 말했었다. 화려한 사람들은 주변 사람들의 색을 빼앗아 본인의 색인 것처럼 빛나는 사람이라고. 그렇게 말하면서도 그녀는 화려한 사람들이 빛을 내지 못하면 우울해했다. 사실, 유경의 엄마가 그런 사람이었다. 유경의 엄마는 화려한 외모로 늘 주변의 이목을 받으며 살아왔었다. 그러나 그 빛을 빼앗길 정도의 가난한 형편은 늘 그녀를 슬프게 했다. 유경의 엄마는 화려한 여인들을 보면 말했다. '저런 사람들은 다른 사람들의 빛을 빼앗고 사는 사람이야.' 언젠가 자신이 들었던 그 말을 딸에게도 반복했다.

화려한 여인을 보고 유경은 엄마의 말을 떠올리며 집 기둥 뒤에 숨었다. 여인은 다가와 말했다.

"난 네 이모야. 친이모는 아니지만, 친이모라고 생각해."

이모. 익숙하지만 어색한 말이었다. 엄마는 외동이라고 했다.

"저는 이모가 없는데요……"

"알아, 나도 조카 없어. 그런데 그런 사이 해보자고. 나는 이모, 너는 조카."

유경을 찾아온 화려한 여인은 목소리 역시도 아름다웠다. 그리고 사람의 본능은 아름다운 것에 끌리기 마련이었다.

"이름이 어떻게 되세요?"

"왜?"

"이모의 성함 정도는 알아야 하잖아요. 조카가."

유경의 말에 그 화려한 여인이 환하게 웃었다.

"맹랑하긴. 나는 연희야. 고울 연에 빛날 희."

유경은 연희의 이름이 정말 잘 어울린다고 생각했다. 이런 사람이라면 빛을 빼앗는 것쯤 당연한 것이 아닐까 생각했다.

"너는?"

"유경이요. 오랠 유에 빛 경을 씁니다."

"오래 빛날 이름이네."

그 만남으로 유경은 무대를 꿈꾸게 됐다. 만주에서 서울로 돌아가는 기차 안에서 유경은 연희에게 많은 이야기를 들었다. 엄마가 젊었을 때, 소리를 참 잘했다는 이야기부터 갑자기 떠나버려서 얼마나 찾았는지 모른다는 이야기, 앞으로 지켜주겠다는 약속까지 함께였다. 그래서 영원히 함께할 줄 알았다.

연희는 창극에서 창을 하는 소리꾼이었다. 관객석에서 본 연희는 더욱 빛났다. 연희의 목소리가 공연장을 가득 채웠다. 그 순간 유경은 자신도 무대에 서고 싶다고 생각했다. 연희의 소리가 끝나자 관객들은 박수갈채를 보냈다. 귓전을 때리는 환호 소리에 유경의 심장이 뛰었다. 매일 뛰는 심장 소리가 유독 크게 들린 그날. 그날이 유경의 인생을 바꿨다.

"어땠니?"

"멋있어요. 저도 하고 싶어요."

"그러려면 연습 많이 해야 하는데 할 수 있겠어?"

"할게요."

연희는 작은 유경의 손을 꽉 잡아주었다. 너도 할 수 있을 거라는 뜻이었다.

그때는 조선은 나라 이름을 빼앗겼던 시절이고, 조선 밖에서도 수많은 목숨이 총칼에 스러지던 시절이었다. 누가 누구에 의해 죽어도 묻혀버리는, 그런 끔찍한 시대. 어느 날 밤, 연희는 실종되었다. 독립군의 첩자였다느니, 친일파와 혼인했다느니, 중국 상해 쪽으로 도망쳤다느니 하는 여러 소문이 돌았지만, 누구도 유경에게 정확한 이유를 말해주지 않았다. 그렇게 유경은 다시 혼자가 되었고, 어떠한 인연인지 혜화 국극단에 연습생으로 들어가게 되었다. 국극단에선 연희의 부탁이라는 것이 설명의 다였다.

큰 무대에 서면 감쪽같이 사라진 연희를 다시 마주할 수 있을까 하는 생각에 시작한 국극단 연습생은 유경의 삶이 되었다. 유경은 연희의 무대를 처음 봤던 그날을 떠올리며 배우를 꿈꿨다. 오래 빛날 이름이라는 그 이름, 널리 알릴 테니 꼭 보러오라고. 유경은 연희에게 꼭 보여주고 싶었다. 끝내 꿈을 이룬 자기 모습을.

그래서 계속 기다리고 있다.

〔현재, 중공군 점령지역, 피란민 수용소, 겨울〕

홍주는 피란민 복장으로 수용소에 들어가 북쪽에서 내려오는 부대 이동에 대한 이야기를 들어보려 했으나 누구도 그에 대해 아는 이가 없었다. 새롭게 피란민으로 오는 사람들도 점

169

점 인원이 줄어갔다. 홍주는 계속 흘러가는 시간에 조급해지기 시작했다. 복귀까지 정해진 날짜가 얼마 남지 않았는데 마땅한 정보를 찾지 못했기 때문이다.

홍주가 이제 수용소에서 나와 카페로 돌아가야겠다고 생각했을 때였다. 갓난아기의 울음소리가 크게 들려왔다. 그리고 그 옆에는 한 여자가 기절해 쓰러져 있었다. 며칠 전, 마주했던 아기 아빠가 포로로 잡혀갔다던 여인이 기절한 모양이었다. 사람들이 우르르 달려가 기절한 여인을 편히 눕혔다. 어쩌다 보니 함께 달려갔던 홍주의 품속에 갓난아기가 안겨 있었다. 홍주는 서툰 모양새로 아기를 안고는 달래려고 애썼다. 홍주는 처음 기지에 도착해 폭발음이나 시체들 때문에 눈물을 흘리던 소녀들을 안아 달랬던 일을 떠올렸다. 그런데 갓난아기는 달랐다. 어색하게 굳은 홍주의 품이 불편한지 연신 칭얼대었다. 그걸 본 어느 할머니가 대신 아이를 안았다. 할머니가 안자마자 신기하게도 아이는 울음을 멈췄다.

"어떻게 하신 거예요?"

홍주의 순수한 물음에 할머니는 미소 지었다.

"몸에 힘을 빼야지. 안고 있는 네가 불안해하면 어떡해. 이 작은 아이도 느껴. 불안하다는 걸. 그리고 원래 누구든 잘 안아주면 울음을 그치는 거야. 나이가 많든 적든 기댈 품이 있다는 게 중요한 거거든."

홍주는 자신이 그런 것도 모른 채, 소녀들을 안아줬구나 싶었다. 그저 떨리는 몸이 안타까워 안아주었던 것인데, 힘이 되었으려나. 현호에게도 힘이 되었을까. 문득 현호의 생사가 궁금해졌다. 잘 버티고 있으려나. 이번 임무가 끝나면 이전처럼 자신을 마중 나오던 현호를 마주할 수 있을까. 홍주의 생각이 꼬리에 꼬리를 물 때, 할머니가 그런 홍주의 생각을 끊어내듯 말했다.

"아가씨는 몸에 긴장 좀 풀고 살어. 안아주는 것도 안아주는 품에 기댈 줄 알아야 잘해."

"아, 네."

홍주는 어색하게 답하고 피란민의 무리에서 떨어져 나왔다. 다른 이와 가까워지면 안 된다는 자신의 원칙을 떠올렸다. 있는지 없는지도 모르는 사람이 되어야 했다. 유경과 가까워지는 건, 서로 래빗이었기 때문에 가능했던 것이 아닌가. 자기 정체를 모르는 사람들과 가까워질 필요는 없었다. 수용소에서 도망치듯 멀어지려던 홍주의 팔을 붙잡은 건 저번에 봤던 말 많은 아주머니였다. 장웨이의 집에서 사람을 구한다는 소식을 전했던 그 아주머니는 자연스레 홍주의 곁에 와 쓰러진 여인의 사연을 읊어줬다. 그 말 많은 아주머니는 자신이 아는 사연을 이야기하고 싶었던 모양이다.

남편의 사망 소식을 들었다고 한다. 애간장을 녹이며 기다려 마침내 들은 소식이 그것이었다는 사실에 아기 엄마가 정신을 놓아버렸다고 말이다. 아기 아빠가 죽은 이유를 들어보니 전쟁 포로로 분리되어 있다가 첩자라는 선고를 받고 처형당했다고 한다. 그 소식을 듣고 억울하다고 소리치며 갑자기 까무러쳐 버린 것이라 말했다.

'진짜 그 사람은 첩자였을까? 나처럼?'

홍주는 순간, 처형당한 자신의 모습을 떠올렸다. 차가운 눈밭에 붉은 선혈과 함께 쓰러진 자신의 모습. 그리고 윤옥을 떠올렸다. 캐비닛에 새겨진 그 수많은 빗금이 날카롭게 다가왔다. 그 순간 등골이 섬찟했다. 역시나 살고 싶은 것이다. 죽어도 괜찮다며 온 전쟁터였는데, 왜 이리 살고 싶어 하는지, 자신의 모습에 구역질이 났다. 말 많은 아주머니는 홍주의 등을 쳐주며 말했다.

"아가씨가 많이 놀랐나 보네. 괜찮아?"

홍주는 도망치듯 피란민 수용소를 빠져나왔다. 어디로 가야 하지. 홍주는 하얀 눈길 위에서 길을 잃었다. 빨리 가야 했다. 약속했던 그곳으로. 전쟁 중이라는 것을 잠시라도 잊을 수 있는 그곳으로.

〔중공군 점령지역, 변두리 창고, 겨울〕

유경은 홍주를 기다리고 있었다. 약속 시각보다 홍주의 도착이 늦어지고 있었다. 걱정되는 마음에 창고 밖으로 나가 홍주가 오는지 살폈다. 눈발이 점점 더 거세지는데, 어서 와야 할 텐데, 혹시 검문이라도 걸린 걸까. 점점 상상이 멈출 수 없이 이어질 때쯤, 홍주가 멀리서 걸어오는 게 보였다. 그제야, 유경은 안심했다.

홍주가 창고에 가까이 다가올수록 유경은 괜히 떨려오기 시작했다. 저번에 〈옥중화〉 공연을 해주고 나서 유경은 장웨이에게 자꾸 불려 가고, 홍주도 피란민들 사이에 들어가 첩보 활동으로 바빴던 터라 후반부를 보여주지 못했다. 오늘은 〈옥중화〉의 후반부를 보여주기로 약속한 날이다. 유경이 가장 좋아하는 대목이 있는 〈옥중화〉의 후반이었다. 그런데 점점 다가오는 홍주의 안색이 새하얬다. 유경은 그런 홍주에게 다가갔다.

"괜찮아?"

"응……."

유경은 홍주를 창고 안으로 끌어당겨, 얼른 자리에 앉혔다. 혼이 빠진 듯했다. 유경은 따뜻한 차를 준비했다. 왜 그런지 묻지 않는 것은 유경의 배려였다. 표정만 봐도 대강 어떤 기분인

지는 알 수 있었으니까. 아마도 끔찍한 모습을 본 터였다. 전쟁
터에서는 당연한 일이었다. 근 며칠 동안 본 홍주는 말이 없는
편이었다. 다시 말하자면 자신에 대한 말을 많이 하지 않았
다. 대부분 유경의 말에 귀 기울이다 짧은 반응을 보여줄 뿐이었
다. 홍주가 처음으로 자신의 이야기를 했던 지난밤 이후, 유경
은 홍주의 깊은 이야기가 두려웠다. 금방이라도 가라앉아 버
릴 것 같은 눈빛이었다. 그래서 그냥 들추지 말고 덮기로 했다.
이따금 덮어두는 슬픔도 필요하니까. 유경은 더 밝게 웃으며
홍주에게 따뜻한 차를 주었다. 홍주는 유경이 준 차를 마시고
는 조금 진정이 되는 듯했다.

"〈옥중화〉 뒷부분 봐준다더니, 늦기나 하고."

"아, 미안해. 나 진짜 열심히 볼게."

유경은 또렷해진 홍주의 눈빛을 보며 만족했다. 다시 관객
서홍주가 돌아온 것이다. 유경은 초에 조심히 불을 붙였고, 홍
주는 혹시나 하는 마음에 바스켓에 눈을 조금 퍼왔다. 우스꽝
스러운 조합이었다. 눈이 가득 담긴 바스켓 옆에 앉아 홍주는
다시 똘똘한 눈빛으로 유경을 올려다보았다. 유경은 이전에
보여줬던 〈옥중화〉의 마지막 절정을 향해 달려갔다.

〈옥중화〉는 춘향과 이 도령의 사랑 이야기다. 임을 떠나보
낸 춘향은 변 사또의 수청을 거부하고 이 도령만을 기다렸다.

때론 고초를 겪지만 기약 없는 기다림을 마침내 끝내고 다시 이 도령을 만나 행복하게 산다는 결말이다. 그 내용 중에서 유경이 가장 좋아하는 부분은 감옥에 갇혀 이 도령을 그리워하는 춘향의 〈옥중가〉 중 '쑥대머리'였다. 누구를 그렇게 기다려본 일이 있을까. 아마도 연희를 기다려온 일일까. 돌아오지 않을 것을 알면서도 그 사실을 묻어둔 시간이었다. 유경은 춘향의 감정을 따라갈 때면 가슴이 벅찬 느낌을 좋아했다. 그 절정, 쌓이고 쌓이던 감정이 표출되는 그 순간, 모든 걸 터트리는 그 부분이 좋았다. 연희가 처음 보여줬던 창극에서 가장 매력적인 부분이기도 했고. 늘 볼 때마다 따라서 울게 되었던 부분이니 말이다.

"내가 만일에 님을 못 보고 옥중고혼이 되거드면 생전사후 이 원통을 알아줄 이가 뉘 있드란 말이냐 아이고 답답 내일이야 이를 장차 어쩔거나 아무도 모르게 설리운다."

춘향이 된 유경은 감옥에 갇힌 춘향처럼 엉엉 울었다. 오래 삼키던 울음을, 이렇게 연기를 핑계로라도 흘릴 수 있어서 유경은 참으로 기뻤다. 이 후반부 연기를 위해 그 오랜 시간을 버텨왔다는 생각이 들었다. 또한 유경은 더욱 깨달았다. 무대 없이 자신은 살아갈 수 없다는 것을 말이다.

그리고 유경은 자신의 앞에서 조용히 눈물을 흘리고 있는 홍주를 마주했다.

"너는 왜 우니?"

옷소매로 눈물을 닦아낸 유경은 장난스레 울고 있는 홍주에게 물었다.

"너 정말 배우구나. 멋있다."

홍주는 흐르는 눈물을 닦지도 않고 박수를 쳤다. 방금까지 새하얗던 얼굴엔 다시 붉은 기가 돌았다. 이놈의 박수 소리, 여전히 좋다. 유경은 홍주의 박수 소리를 즐기는 듯 잠시 두 팔을 벌려 자세를 취하고는 다시 홍주의 앞에 마주 앉았다.

"뿌듯하네."

"너무 좋았어. 너 대단하다."

"어디가 제일 좋았어?"

"춘향이가 옥중에서 이 도령을 그리워하는 장면."

"왜?"

"그렇게 올곧게 기다리는 마음이 예뻐서."

"그게 뭐가 예뻐. 미련한 거 아니고?"

"흔하지 않은 거잖아. 그래서 더 귀하지."

유경은 홍주가 그런 마음을 가졌다고 생각했다. 대체 저 애

안에는 무슨 마음이 들어 있기에 저렇게 미련하게 굴까.

"네 이야기 해줘. 홍주야."

유경은 충동적이었다. 몇몇 개의 촛불이 일렁였고, 창고 밖에 눈 내리는 소리가 들리는 밤이었다. 홍주의 이야기를 다 들어버리면 같이 가라앉을 것만 같은데, 또 듣기는 듣고 싶었다. 어떤 이야기를 가져서 감정들을 모두 흘려보내는 사람 같은 표정을 지을까.

홍주는 첫 만남부터 그랬다. 투명하게 어떤 감정인지는 잘 보이는데, 그 감정의 깊이는 알 수가 없었다. 감정을 느끼면서도 제대로 사용하지 않는, 아니 사용하지 않으려고 하는 홍주의 이야기가 궁금했다. 그래서 자꾸 묻고 싶었다. 이제 길어야 사흘일 텐데, 그 정도면 괜찮지 않을까. 이 전쟁이 지나고 나면 다시 만나기 어려울 테니까 잠깐의 오지랖 또는 욕심은 괜찮을 것이다. 유경은 알고 싶었다. 저 속내가.

홍주는 멈칫했다. 어디서부터 이야기하면 될지를 곱씹었다. 하도 옛날의 이야기가 되어버린 3년 전부터 시작해야겠지. 어디서부터? 산에서 만났던 빌어먹을 흰토끼부터. 언젠가 그 흰토끼를 따라가지 않고 가족들과 같이 이 세상을 떠났다면 참으로 좋았을 것이라는 생각을 했었다. 남겨진 사람에게는 버텨야 하는 시간이 너무나도 길었기 때문이다. 그렇게 흰토끼 이야기부터 시작해서 윤옥, 현호, 같은 기지에 머물렀던 소녀들, 오늘 수용소에서 본 그 여인의 이야기까지 담담하게 말했다.

홍주는 모든 걸 다 입 밖으로 내어 말하면 무너질 줄 알았는데, 생각보다 괜찮았다. 많이 무뎌졌다고 생각할 무렵, 우는 건 되레 유경이었다. 유경은 홍주의 마음속에 무엇이 들었는지 짐작이 되었다. 죄책감, 부채감, 그리움, 그런 것들이 홍주를 가득 채우고 있었다. "전쟁 중이잖아."라는 말은 홍주에게 핑계가 될 수 없었다. 그래서 그렇게 미련하게 하나의 마음을 갖고 있었나. 변절할 생각도 못 하고, 자신을 의심하는 아군에게 충성을 다하면서, 얻어가는 것도 없으면서, 그렇게 버텨왔던 것이리라.

"네 잘못이 아니야."

그 순간, 홍주는 눈물을 흘려냈다. 유경이 홍주의 눈물을 닦아주면서 물었다.

"이 전쟁이 곧 끝나면 너는 뭘 하고 싶어? 나는 무대에 설 거라고 이미 말했잖아."

"……모르겠어. 생각해 본 적이 없어서."

"그럼 이제부터 상상하고 생각해. 전쟁이 끝나면 너는 무엇을 할지."

"그럴게."

유경은 홍주를 따뜻하게 안아주었다. 홍주는 피란민 할머니를 떠올렸다. 누군가에게 안기는 건, 기댈 곳이 있다고 생각하게 만든다. 안아주는 품에 잘 기댈 줄 알아야 한다고 그랬지. 홍주는 긴장을 풀고 그저 유경의 품에 기댔다. 그러고는 잠시 기댈 곳이 있다는 것에 안도했다. 죽고 싶지 않다고 처음으로 고백한 날이었다.

〔중공군 점령지역, 장웨이의 저택, 겨울〕

장웨이가 지원을 호출했다. 뚜벅, 뚜벅, 뚜벅. 저택의 복도 위로 지원의 구둣발 소리가 울렸다. 지원은 갑작스러운 호출에도 당황한 기색 없이 장웨이의 앞에 섰다.

"빨리 왔네?"

"예, 부르시는 즉시 출발했습니다."

"잘했네. 내가 사람 보는 눈이 좀 좋거든. 좋은 사람들을 잘 알아챈달까?"

"영광입니다."

지원은 마음속으로 장웨이의 능글맞은 속을 펼쳐보고 싶다는 생각을 했다. 아무것도 해치지 않을 것처럼 웃고 다니다가 전쟁터에만 나가면 학살을 일삼는다는 사실은 유명했다. 시체에도 아까운 총알을 낭비하면서까지 확인 사살을 하는 게 취미여서 그 모습이 마치 악마 같다고 들었다. 그래서 장웨이가 전략적 요충지인 이곳에 주둔하고 있는 것이리라.

"자네는 사람을 얼마나 믿나?"

지원은 난데없는 장웨이의 질문이 무엇을 의미하는지 의아했다.

"잘 모르겠습니다. 사람마다 조금씩 다르니까요. 제가 믿고 싶은 사람은 더 많이 믿고, 제가 믿고 싶지 않은 사람은 믿지 않습니다."

장웨이는 지원의 말에 고개를 끄덕였다.

"나는 사람을 믿지 않아. 나는 성악설을 믿는 편이거든."

"아, 현명하십니다."

"자네는 사람이 선하다고 믿나?"

"잘 모르겠습니다."

장웨이는 낄낄낄 거리며 웃더니 중공군 한 명을 데려와 꿇어앉혔다. 이미 몇 차례 심문이 있었는지, 피투성이의 모습이었다. 지원은 무슨 일인가 싶었다.

"나는 사람이 거짓이 있기에 사람이라고 생각하네. 인간미

랄까? 어쩔 수 없이 사람은 생존을 위해 거짓을 고하기 마련이지."

지원은 긴장한 듯 고개를 더욱 숙였다. 무엇을 바라고 자신에게 이런 이야기를 하는지 파악할 수가 없었다. 장웨이의 다음 말을 기다리던 지원의 시선에 책상 위, 장웨이가 중국에서 사다 놓은 용 모양의 장식물이 들어왔다. 장웨이의 커다란 저택에는 중국에서 직접 챙겨온 물건들이 가득했다. 장웨이는 전쟁을 하는 동안만 머물 저택인데도 자신의 본가와 동일한 환경으로 꾸며났다. 장난감같이 아주 작은 소품들도 가득 채웠다. 유경에게 들은 바로는 참으로 아이 같다고 했다.

"제가 왜 그 사람 앞에서 전쟁 이야기를 안 하는 줄 알아요? 그 사람 되게 겁쟁이거든요."

"겁쟁이요?"

"중국에서 용은 단순히 무소불위의 권력만 뜻하지 않아요. 수호해 주는 의미도 있어요. 그런 용을 어느 방이든, 어느 곳이든 자신의 손이 닿는 곳에 뒀죠. 애도 아니고."

전쟁으로 학살을 일삼는 그는 누구보다 전쟁을 두려워하는 사람인가. 장웨이는 그런 지원의 생각을 끊어내듯 장난기가 섞인 목소리로 말했다.

"여기 있는 우리 병사가 내부 정보를 빼돌렸네."

지원은 놀란 듯 장웨이를 쳐다보았다가 곧바로 눈을 아래로 내렸다. 괜히 어떠한 트집거리를 주면 안 되었다.

"그러면 이자를 나는 어떻게 해야 할까?"

"군법에 따라 처분하셔야 합니다."

"그렇지?"

장웨이는 지원에게 총을 건넸다. 누구보다 편안한 미소를 지으면서 말이다.

"죽여."

지원은 손에 잡힌 차가운 총의 재질을 느끼며 어떻게 해야 하나 고민하다 이미 피범벅이 되어버린 중공군에게 총을 겨눴다. 장웨이는 그 모습을 흥미롭게 보고 있었다. 잠시 고민했지만 지원은 방아쇠를 당겼다. 총알은 중공군의 이마를 갈랐다. 철퍼덕 쓰러지는 소리와 꿀럭 피가 나오는 소리가 들렸다. 장웨이는 만족스럽다는 듯 크게 박수를 치고 시체를 치우라며 고용인들을 불렀다.

"난 전쟁 중인 게 좋아. 이렇게 누군가의 악을 꺼내기가 쉽거든."

지원은 순간, 아차 싶어 장웨이를 쳐다봤다.

"내가 말하지 않았나? 사람은 거짓이 있기에 사람이라고."

"……예?"

"아까 그 사람은 이번에 들어온 전쟁 포로일세. 아군도 아니고. 아니, 일단 군인도 아니지."

지원의 표정이 빠르게 굳었다. 장웨이는 이 상황이 재밌는 듯 낄낄 웃었다. 나무 마루 밑으로 피가 스며들고 있었다. 지원의 몸에서도 피가 빠르게 위아래로 흘렀다. 목뒤가 저릿했다. 총을 쥐고 있는 손이 순식간에 차가워졌다. 그런 지원의 앞에서 장웨이는 재밌다는 듯 미소를 짓고 있었다. 미친놈. 지원은 자신이 표정을 숨기지 못하고 있다는 사실을 놓쳤다. 장웨이가 불러온 고용인들은 낑낑거리며 시체를 데려가 버렸다. 지원은 방금 자신이 죽인 사람의 피가 스민 나무 바닥을 보았다. 묘하게 불쾌해진 지원의 표정이 장웨이는 마음에 들지 않았다.

"전쟁 중이라 이런 장난도 칠 수 있는 거지. 어이, 얼굴 풀지?"

이에 지원은 장웨이에게 허리를 90도 꺾으며 사죄했다. 황급히 표정도 풀었다. 장웨이는 지원의 그런 모습도 마음에 든다는 듯 어깨를 툭툭 치며 말했다.

"뭐 이 정도까지는 필요 없고. 그래도 자네 합격이야. 방아쇠를 당기는 손에 주저함이 없었어. 사람 많이 죽여봤다는 얘기지. 난 그런 사람, 아니 그런 군인이 필요해. 전쟁 중이 아닌가?"

장웨이는 지원의 표정을 보는 게 즐거웠다. 무뚝뚝한 사내의 표정이 이렇게 급변하는 모습을 보는 건 꽤 짜릿하니 말이다. 원칙주의자겠거니 싶었다가도 저렇게 주저 없이 총을 쏘는 모습은 마음에 들었다. 확실한 이유가 있다면 사람을 고민 없이 죽일 수 있는 군인이 장웨이에게 필요한 군인이었으니 말이다.

"곧 유경에게 갈 테니 준비하고 있게."

"예, 알겠습니다."

지원이 나가고, 장웨이는 만족스럽다는 듯 의자에 기대앉았다.

"그럼, 일단 쟤는 아니려나……."

〔중공군 점령지역, 피란민 수용소, 겨울〕

홍주는 점차 복귀 날짜가 다가오자 카페보다 피란민 수용
소에 더 오래 머물렀다. 카페에는 모두 중공군들이라 중국어
로 이야기하는 걸 유경을 거쳐 들어야 했기에 필요한 정보인
지 아닌지를 파악하기 어려웠다. 그리고 피란민들이야말로 이
곳저곳의 소문들을 모두 알게 될 수밖에 없으니까. 홍주는 유
경이 빌려준 깨끗한 옷이 아니라 넝마와 다름없는 무명옷을
입은 채, 피란민들 사이에 앉아 있었다. 새로운 피란민들이 도
착했다는 소식에 홍주는 그들을 찾아 한 여인에게 넌지시 말
을 던졌다.

"무슨 일은 없었나요?"

"평양 쪽에 폭격이 있었다고 하던데? 그쪽이 완전 불바다래."

"아⋯⋯."

"왜 그쪽에 아는 사람이라도 있어?"

"아, 아는 사람은 아니고요. 그냥 궁금해서요."

"요즘엔 안부 묻는 게 무서울 지경이라니까."

새롭게 도착한 피란민들이 배급소로 향하고, 홍주는 그 자리에서 멈춰버렸다.

홍주는 윤정을 생각했다. 살았을까? 죽었을까? 도망치는 것에 성공했을까? 아군은 그녀를 구하러 갔을까? 살아 있던 윤정의 모습을 떠올렸다. 차분하던 목소리와 강단 있는 말투, 풍기는 분위기가 단정했던 사람. 그리고 죽어 있는 윤정의 모습을 상상했다. 어쩌면 상상하지도 못하게 훼손되었을지도 모른다는 생각에 빠졌다. 전쟁 중엔 흔한 일이다.

그렇다면 유경을 구하러 오는 사람은 있을까? 그 소위라는 사람이 데리고 떠날까? 홍주는 머릿속이 복잡해졌다. 평양이 폭격됐다면 이곳도 언젠가 폭격이 올지도 모른다. 그러면 유경을 데리고 같이 도망칠 수 있을까? 둘 다 살아남을 수 있을까? 아, 난 곧 떠나야 하지⋯⋯. 윤정이 말해준 것처럼 이곳에 부대가 추가로 내려올까? 그게 며칠이나 남았지? 역시 누군가에게 정을 주는 건 위험한 일이었다. 유경과의 동거는 홍주의 원칙에 어긋나는 일이었다.

윤옥의 죽음을 마주한 이후로 홍주는 누구에게도 정을 붙이지 말자는 다짐을 했다. 아무리 신병들의 교육을 맡고 있더라도 이는 해야 할 일일 뿐이었다. 더 큰 의미는 두지 않았다. 어느 날에 다시 보이지 않을 수도 있으니까. 상처받지 않기 위해 홍주가 세운 임시방편책이었다.

홍주가 간과했던 사실은 본인이 정이 많다는 점이었다. 한마디라도 섞은 아이들이 점점 사라질 때마다 홍주의 마음속에는 캐비닛의 바를 정 자처럼 생채기가 나고 있었다. 지뢰를 밟고 피 흘리던 현호를 눈 덮인 겨울 산에서 끌고 가던 때도 매 순간, 홍주의 마음은 찢어졌다. 누군가를 잃는 것은 그만큼 두려운 일이었다. 이곳이 폭격 지점이라면 어떡하지? 그래서 이곳에서 다시 부대 이동에 대한 정보를 확인하라고 한 건가? 유경이 죽으면 어떡하지?

홍주는 유경에게 솔직히 모든 걸 터놓아야겠다고 생각했다. 피란민 틈 사이에 있던 홍주는 몰래 그곳을 빠져나왔다.

〔중공군 점령지역, 카페, 겨울〕

카페에서 영업을 준비하고 있던 유경은 갑자기 돌아온 홍주가 의아했다. 숨까지 헉헉대며 뛰어온 모습이 심상찮아 보였다.

"뭐야? 오늘은 피란민 서홍주가 네 역할 아니었어?"

"맞는데…… 할 말이 있어."

홍주는 거친 숨을 골랐다. 유경은 홍주의 태도에 불안함을 느꼈다. 대체 무슨 얘기이기에 저렇게 다급한가 싶었다. 문제가 생긴 걸까. 그러나, 뒤이어 들려온 홍주의 말은 유경에게는 꽤 싱거운 이야기였다.

"난 이곳에 부대 이동 정보를 확인하러 왔어."

"그래서?"

"그 정보 네가 준 거지?"

"뭐 그런 정보라면 대부분 내가 주지 않았을까?"

홍주의 걱정과는 다르게 유경의 반응은 심드렁했다.

"그니까…… 내가 여기 왔다는 건, 네가 의심받고 있다는 말이야."

"알아, 그런 일 한두 번도 아니고 괜찮아. 네가 왔을 때부터 예상했어. 윗분들이 워낙 의심이 많으시잖니."

유경의 태평한 대답이 홍주를 더 불편하게 만들었다. 왜 괜

189

찮은 거지. 의심이 당연한 건가. 홍주는 몸속이 배배 꼬이는 듯한 느낌이 들었다. 원래 당연하지 않은 것들이 당연해지는 것이 속을 뒤틀리게 했다.

윤정이 한 말을 계속 곱씹어봐도 답이 나오지 않았던 것은 바로 이 뒤틀린 마음 때문이었으리라. 홍주의 표정이 일그러지자, 유경의 말이 더 세게 나갔다.

"당연한 일이잖아. 그러니까 정보 확인을 똑바로 하란 말이야. 순진하게 굴지 말고 날 더 의심하라고."

"이상한 거잖아. 같은 편끼리 서로 의심하고 싸우는 거. 그게 왜 당연한 거야?"

"전쟁 중이잖아."

유경은 아차 싶었다. 그저 홍주의 짐을 덜어주려는 것이었는데, 홍주의 이야기를 다 들어놓고 할 말은 아니었다. 홍주는 유경의 말에 여기까지 황급히 뛰어온 자기 모습이 참 한심하다는 생각이 들었다. 대체 전쟁이 뭐라고. 이렇게 모든 일들이 다 전쟁이라는 이유 하나면 용인될 수 있었다. 광장에 놓인 시체들과, 폭격, 같은 편끼리 의심하는 일들이 별거 아니라는 듯 넘어가는 시대였다. 그리고 자신의 죽음 역시도.

"그거…… 진짜 좋은 핑계다. 그치?"

홍주는 눈물을 뚝 흘렸다. 유경은 놀라 홍주에게 다가갔다.

목에 낫이 들어와도 울지 않던 아이가 갑자기 이렇게 울어버리니 유경은 무슨 일인가 싶었다. 홍주는 울먹이며 말했다.

"네가 죽을지도 몰라. 어쩌면 나도."

"……그게 무슨 소리야?"

홍주는 유경의 카페로 뛰어오는 길에 계속 생각했다. 한 걸음 한 걸음마다 '왜?'라는 질문이 붙었다. 왜 자신이 이곳으로 오게 되었을까. 왜 유경과 윤정의 정보를 확인해야 했을까? 왜 부대가 이동하는 정보가 필요할까?

"내가 계속 생각을 해봤거든. 왜 부대 이동 정보가 필요할까. 이렇게 한 번 더 확인할 정도로 중요한 이유가 뭘까. 그렇게 생각을 해보니까 말이야. 폭격 지점을 정하려는 거구나 싶더라."

홍주의 말에 유경은 지원이 이곳에 왜 왔는가를 알 수 있었다. 왜 묻지 않았을까. 왜 장웨이의 측근으로 위장하는 임무를 맡게 되었는지. 어떤 걸 확인하려고 여기까지 직접 왔는지. 유경은 멍해졌다. 왜 지원을 의심하지 않았을까. 지원은 자신을 데리러 온 걸까. 지원은 왜 자신에게 폭격 이야기를 해주지 않았을까.

"며칠 전에 평양에 폭격이 떨어졌대. 그러니까 곧 이곳에도 폭격이 올 거야. 내가 전달했던 정보에 의하면, 이곳으로 곧 부대 이동이 있을 거거든. 그게 오늘일지도 몰라. 내가 정보를 받고 나서 벌써 수일이 지났고……."

홍주는 말하는 중에도 계속 날짜 계산을 했다. 폭격에 필요한 부대 이동 정보라면, 부대가 이곳에 도착하는 날짜에 폭격이 떨어질 것이다. 홍주는 윤정의 이야기를 다시 떠올렸다. 대규모의 부대 이동이 있을 것이라며 말해줬던 날짜는 2월 4일이었다. 홍주는 유경에게 오늘의 날짜를 물었다. 유경은 카페 카운터 아래 있던 달력을 보고 말했다.

"2월 4일."

"내가 평양에서 받아온 정보로는 오늘이 부대 이동 날이야."

"난 그보다 늦은 열흘 후, 2월 14일로 전달했어."

누구의 정보가 맞는 걸까. 서로를 마주 본 홍주와 유경, 모두 어떠한 확신도 할 수가 없었다. 짧은 정적이 흘렀다. 그리고 그때, 카페 밖으로 한 부대의 행렬이 지나갔다. 중공군 군복을 입었지만 처음 보는 얼굴들이었다. 카페에 수없이 찾아온 그들이 아니었다. 그 순간, 유경은 자신의 정보가 틀렸음을 알았다. 그럼 어디서부터 정보가 잘못된 거지. 장웨이가 자신을 의심하고 있는 걸까. 지원은 이를 알고 있던 걸까.

동시에 홍주는 아득해졌다. 그렇다면 오늘 밤일까. 홍주는 작년, 폭격이 내리던 날을 떠올렸다. 래빗으로서 첩보 활동을 하다 보면 머무르게 된 지역에 아군의 폭격 작전이 있던 날이 종종 있었다. 그런 날이면 머리에 두툼한 담요를 대고 튼튼한 건물 사이로 들어가 살아남았다. 작년에도 폭격이 내리던 날엔 잔뜩 몸을 숙이고 숨었지만, 부서진 건물 잔해에 갈비뼈가 부러졌었다. 그날은 간신히 살아남았지만, 오늘도 그럴 수 있을까? 홍주는 바로 결심했다.

"……도망칠까?"

홍주는 유경에게 물었다. 그러나 유경은 선뜻 홍주의 제안에 답하지 못했다. 그 순간, 지원과 장웨이가 카페에 들어왔기 때문이다.

홍주는 황급히 카페 밖으로 뛰쳐나갔다. 지원과 장웨이는 그런 홍주를 힐끗 보고는 유경에게 시선을 돌렸다. 두 사내의 목표는 유경이었다.

장웨이는 능글맞은 미소로 유경을 지그시 쳐다봤다.

"오늘 저녁 함께할까?"

유경은 장웨이가 좋아할 웃음으로 허락을 표했다.

'당신은 날 의심하고 있어?'

불안한 속마음을 숨기는 동시에 무덤덤한 지원의 표정을 읽기 위해 애썼다. 저 무덤덤한 표정 속에 대체 무엇을 숨기고 있는가. 유경은 당장에라도 묻고 싶었다.

'당신은 왜 이곳에 왔나요?'

유경은 들리지도 않을 질문을 마음속으로 되뇌었다. 지원에게도 그 질문이 전달됐는지는 알 수 없었다.

〔**서울, 켈로 부대 본부, 겨울**〕

최대희 소령에게 승희가 전달한 첩보가 도착했다. 최대희 소령은 이미 어제, 또 다른 래빗에게서 온 첩보도 확보한 터였다. 최대희 소령은 미군에게 보고한 크로스체크 이외에 다른 경로를 하나 더 준비했었다. 아주 믿을 만한 래빗이었다. 갓난아기와 함께 다녀 누구도 의심하지 않는다는 그 래빗도 똑같은 첩보를 가져왔으니 더 이상 작전을 미룰 필요가 없었다. 아직 유경을 확인하러 간 래빗에게는 답이 오지 않았지만, 이미 확보한 두 가지 첩보가 동일하다. 최대희 소령은 결정을 내렸다. 확실한 폭격 지점과 시점까지도 말이다.

부관이 물었다.

"강지원 소위님이 계신 곳이 아닙니까?"

"살아올 운명이면 살아오겠지."

"그래도…… 소위님께 따로 연락드림이 어떠십니까?"

"지금 강 소위와 연결될 채널이 있나? 없지?"

"없습니다."

"없는 가능성에 대해서는 생각하지 말게. 불필요하니까."

부관은 머쓱함을 느끼는 동시에 등줄기가 서늘했다. 그렇게 아끼던 강 소위였음에도 최대희 소령은 참으로 이성적이었다. 부관은 침을 한 번 꼴깍 삼켰다.

"그 다리 없는 애 데려와. 참모회의해야 하니까."

"예, 알겠습니다."

2월 4일 밤, 후방 부대가 장웨이의 부대와 합류하는 날 폭격을 시작한다.

야전병원에 있던 현호는 또다시 통역병으로 켈로 부대 참모회의실에 불려 왔다. 갑자기 불려 나와 당황하던 것도 잠시, 정신을 차리고 회의 내용을 열심히 통역했다. 오늘 결론이 홍주의 생사를 결정하기 때문이었다. 그리고 나온 결론이 저것이라는 사실에 현호는 좌절했다. 아직 홍주가 돌아왔는지 아닌지도 확실하지 않은데, 그곳에 폭격 작전을 수행한다는 결론이었다. 미군도, 다른 켈로 부대 참모들도 고개를 끄덕였다. 아직 적진에서 돌아오지 않은 래빗들은 안중에도 없었다. 미군들은 회의실을 나가며 현호에게 "Thank you."라고 말했다. 현호는 그 말이 역겹다 생각했다. 차라리 윤정의 정보가 틀렸더라면 홍주는 살아남을 수 있지 않았을까. 홍주는 그곳에서 살아올 수 있을까. 모든 참모가 빠져나간 회의실에서 현호는 홀로 가라앉고 있었다. 이번엔 애원해 볼 생각도 안 했다. 통하지 않을 거란 걸 진작에 깨달았다. 저들에게 무적의 논리가 있기 때문이다. 현호가 붙잡고 애원해도 저들은 또 똑같이 말할 것이다.

"전쟁 중이다."

힘없이 야전병원으로 돌아온 현호에게 일화가 다가왔다.

"왜 그래요? 오라버니?"

"……이제 어떡하지."

현호는 일화의 물음에 눈물만 흘렸다. 일화는 말없이 현호를 안아주었다. 현호는 꺼이꺼이 울었다. 누군가 본다면 없어진 다리에 대한 울부짖음이라 생각했을 것이다. 그러나 일화만큼은 느끼고 있었다. 누군가를 위한 울음이라는 것을. 일화도 몸이 떨렸다. 홍주는 일화가 숙소에서 가장 오래 봐온 래빗이었다. 부대의 다른 이들은 독한 년이라고 했지만, 그런 홍주의 존재 자체가 일화에게는 살아남을 가능성을 말해주는 듯했다. 대다수가 되돌아오지 못한다지만, 계속 살아남아 돌아오는 사람이 있다는 건, 그 자체로 힘이 되었다.

"걱정 마요. 언니가 돌아오지 않을 리가 없어."

현호의 울음소리는 또 다른 환자의 비명에 덮였다.

〔켈로 부대 전방기지, 겨울〕

늦은 밤, 무사 귀환에 성공한 승희는 숙소에 누워 있었다. 아이들 몇몇이 보이지 않았다. 아직 복귀하지 못한 것이라 생각하며 승희는 밖으로 나갔다. 눈앞에는 쏟아질 듯한 별들이 하늘에 박혀 있었다. 승희는 자신이 깔깔깔 하고 웃던 산 정상을 떠올렸다. 누가 미쳤다고 말해도 좋았다. 승희는 그 산 정상에서의 기분을 절대 잊지 못할 것이다.

그런 승희 앞에 통신병 한 명이 지나갔다. 승희는 통신병을 붙잡았다. 아까 존 소위와 심문실에 있을 때부터 계속 묻고 싶었던 질문이 혀끝에 맴돌았다. 갑자기 붙잡힌 통신병은 우물쭈물하고 있는 승희를 희한하게 쳐다봤다.

"뭡니까?"

머뭇거리던 승희는 통신병에게 물었다.

"보통 여기서 저희가 보낸 첩보들은 어디에 쓰입니까?"

"뭐, 어디든 쓰이죠. 전쟁하는 데 무엇이든 필요하니까 말입니다."

"내가 전한 첩보도 전달했어요?"

"어떤 내용이었는데요?"

"중공군 적진의 부대 이동 관련입니다."

"아, 그거라면 제일 먼저 전달 완료했습니다. 폭격 여부를 결정할 첩보여서요. 위에서 제일 빨리 전달하라고 하셨습니다."

"아…… 고맙습니다."

통신병은 꾸벅 인사를 하고 황급히 자신의 일터로 돌아갔다. 다시 밤하늘을 보던 승희는 자신의 첩보로 인한 폭격이라면 자신의 탓은 얼마나 될지 계산했다. 내가 전달한 첩보로 몇이나 죽을까. 이런 전쟁터에서 사랑하는 나의 오라버니도, 그 착해빠진 오라버니도 사람을 죽인 걸까.

승희는 홍주와의 첫 만남을 떠올렸다. 다 죽여버리겠다는 자신에게 살아남아서 다 죽여버리자고 말했던 홍주. 그때 홍주는 승희에게 이렇게 덧붙였다.

"그렇지만 잊고 지내는 게 좋아. 네가 누굴 죽게 했는지는."

그 말이 어떤 의미인지 이제야 알 것 같았다. 승희는 밤하늘에 총총 박힌 별들을 보며 눈물을 흘렸다. 가슴속 가득 화가 차 있던 자리가 텅 비어버린 탓이었다. 이제 무엇을 해야 할지 가늠조차 안 되는 밤이었다.

〔중공군 점령지역, 장웨이의 저택, 겨울〕

유경은 지원을 사이에 두고 마주 앉은 장웨이와의 식사 자리가 어색했다. 저번에 말한 식사 자리가 이거였던 건가. 고용인들이 식사를 내왔다. 고기가 가득한 식탁은 여느 날처럼 전쟁 중과는 어울리지 않았다. 유경이 3년 내내 봐온 장웨이는 능글맞은 냉혈한이었다. 웃으며 동시에 사람들을 죽일 수 있는 사람, 기분을 좋게 만드는 것이라면 품에 안고 그것이 빠져나갈 틈을 주지 않지만, 기분을 나쁘게 만드는 것이라면 변명조차 듣지 않고 죽여버리는 사람이었다. 식탁 아래 깔린 카펫에 아직 흥건한 핏자국이 그대로였다. 이 식사 전에 무슨 일이 있었을까. 홍주는 도망쳤을까. 오늘 밤, 정말 폭격이 시작될까. 나는 살아남을 수 있을까. 무대에 다시 오를 수 있을까.

"오늘도 식사가 맛있습니다."

유경은 장웨이가 좋아하는 속도로, 좋아하는 웃음을 지으며 왠지 모르게 무거운 분위기를 환기했다. 모든 고민을 뒤로 밀었다. 일단 장웨이 앞에서 살아남아야 했으니까.

"오늘은 통역병과 함께 깊은 대화를 나눠볼까?"

장웨이는 느린 속도로 말했다. 유경의 수준에 맞춘 중국어였다. 유경은 좋다고 말하며 고개를 끄덕였다. 그리고 장웨이는 더 이상 유경에게 속도를 맞춰 말하지 않았다.

"나와의 첫 만남이 기억나오? 그대와 아주 우연히 마주했었는데, 운명처럼. 내가 자주 가던 산길에서 발목이 다친 채 쓰러져 있지 않았소? 그때를 종종 생각하는데, 그대는 어떻소?"

장웨이는 말을 끝내고 지원을 쳐다봤다. 지원은 유경을 보고 물었다.

"처음 만났을 때를 어떻게 생각하느냐고 묻습니다."

그 말을 듣고 유경은 장웨이를 쳐다보고 웃으며 답했다.

"우리가 처음 카페에서 만났을 때, 약속 기억나세요? 저는 그때부터 소위님을 완전히 믿었습니다."

지원은 유경의 말을 듣고 순간 당황하다가 기다리는 장웨이의 시선이 부담스러워지자 유경의 말을 살짝 바꿔 답했다.

"저는 그 순간 지휘관님을 완전히 믿어버렸습니다. 저를 구해주셨으니까요, 라고 합니다."

장웨이는 기분이 좋은 듯 웃었다. 그러고는 또 이어 말했다.

"맞아, 난 그대에게 숨기는 게 없지. 그대를 만나고 있으면 늘 전쟁 중이 아닌 것만 같거든. 그대는 마치 내가 전쟁 중이라는 걸 잊게 해주려는 사람 같았어. 그래서 고마웠다고 말하고 싶네."

장웨이가 어서 통역하라는 듯, 느끼하게 지원을 쳐다봤다.

"숨기는 것이 없으며…… 늘 고마웠다고……."

지원이 머뭇거리자 유경이 말을 이었다.

"그가 말한 건 다 알아들었어요. 그러면 여기서 질문, 소위님은 제게 숨기는 것이 없으십니까? 그렇다면 이곳엔 왜 오셨습니까?"

지원은 유경의 단도직입적인 질문에 쉽사리 답하지 못했다. 장웨이는 지원과 유경의 대화가 길어지자 답답하다는 듯 젓가락으로 그릇을 쳤다. 이에 지원은 서둘러 유경의 답을 바꿔서 답했다.

"저도 같은 마음이었습니다. 늘 고마웠어요, 라고 합니다."

장웨이는 그 답을 만족스러워했다. 이번엔 유경이 먼저 지원을 불렀다. 유경은 장웨이를 보며 웃으면서 말했다.

"이곳에 폭격이 있을 거라던데요. 이를 소위님은 알고 계셨습니까? 알면서도 말씀하시지 않은 거예요?"

"예."

지원의 간단한 답에 유경은 미소 짓고 있었지만, 씁쓸해졌다. 그런 위험이 있다면, 미리 말해줄 수 있지 않았을까. 나조차 믿지 못하는 건가. 전쟁 중이라서? 내가 장웨이의 사람이라서? 유경은 장웨이를 보며 사랑스럽게 웃었다. 장웨이는 통역하는 지원을 뚫어져라 쳐다봤고, 지원은 불편한 마음으로 대신 말했다.

"늘…… 생각하고 있는 것 같아요. 혹시라도 그대의 목숨이 위태로운 상황이 오지 않길 늘 바라고 기도합니다, 라고 합니다."

유경은 지원이 자신에게 하는 말임을 문득 깨달았다. 지원의 귀 끝이 붉어져 있었다. 지원의 말을 들은 장웨이는 유경이 그렇게 말했다고 생각해서인지 사랑스럽다는 듯한 표정을 했다. 그리고 장웨이는 술 한 잔을 한 번에 들이켜더니 다짐을 한 듯 입을 열었다.

"내가 그대에게 숨기는 것이 없다 하였지요. 최근 들어서야 내가 이상한 것을 깨달았소. 자꾸 적군들이 우리 군의 정보들을 다 꿰뚫고 있는 게 아니겠어? 그래서 정보를 매일매일 수정해야 했지. 그게 우연이라고 생각했는데 말이야. 아닌 것 같더라고."

장웨이는 한 번에 들이켠 술의 쓴맛이 올라오는지, 잘 익은 고기 한 점을 크게 물고, 우걱우걱 씹어댔다.

"그럼 대체 누가 첩자 노릇을 하는 건가? 누가 목숨을 걸고 첩자 질을 하나? 그래서 우리 집에서 근무하던 고용인들을 다 죽이고 피란민들로 다시 들였소. 그리고 우리 군인 중에서도 적군과 교류가 있던 군인들을 다 죽였소. 그렇게 해놓고 보니, 내가 의심하지 않은 사람이 한 명 있더라고."

장웨이의 눈빛이 순식간에 차가워져서는 유경을 바라보았다.

"그대에게 아군과 적군은 누구요?"

유경은 빠르게 쏟아내는 장웨이의 말을 듣자마자 표정 관리를 해야 했다. 하나도 못 알아들었다는 듯이 웃으며 식탁 위에 있는 고기 한 점을 칼로 작게 잘라서 한입 먹었다. 그리고 유경은 통역해 달라는 듯 웃으며 지원을 쳐다봤다.

지원은 모든 것이 들켰다는 것을 깨달았다. 아까 총을 쏴 죽이라고 했던 건, 자신에 대한 시험이었으리라. 등줄기가 서늘했다. 지원이 통역하지 않고 가만히 있자, 장웨이가 재촉했다.

지원은 이 상황에서 가장 최선이 무엇인가에 대해 생각했다. 그러나 이런 상황에서 최선은 없었다. 차악만 있을 뿐.

"너도 들어 알고 있을 거야. 지금 저 사람이 너를 의심하고 있다."

유경은 지원의 말에 집중하며 해맑던 표정이 점점 굳어가는 연기를 했다. 지원이 제대로 통역하고 있다고 믿을 수 있게. 장웨이가 지원을 의심하지 않게.

"그런데, 지금 이 상황에서 너만은 내가 살려놓고 가야겠다. 내게 총 한 자루가 있다. 그 총으로……."

"그걸 해결책이라고 생각한 거예요? 아직 증거는 없는 거잖아요. 그쵸? 아니라고 잡아떼 보죠."

"그건……."

"빨리 통역해요. 소위님까지 의심하기 전에. 제게 아군은 지휘관님이 있는 곳입니다. 이렇게."

지원은 장웨이를 쳐다보며 유경이 한 말을 그대로 통역했다.

"제게 아군은 지휘관님이 있는 곳이라고 하십니다."

장웨이는 만족스러운 답인 듯 비죽 웃었다. 그러고는 곧바로 싸늘하게 표정을 굳혔다.

"네년은 내가 좋아할 말만 골라 하는구나. 그래서 첩자 짓을 하나."

지원은 놀라 장웨이를 바라보았다. 장웨이와 마주 앉은 유경은 그의 중국어를 못 알아듣는 척을 하며 끝까지 미소 지었다. 시간을 끌어야 했다. 유경은 접시 위 고기를 다시 한입 크기로 잘라 예쁘게 먹었다. 이에 화답하듯 장웨이는 고기 한 덩이를 한입에 넣고 우걱우걱 씹으며 말했다.

"최근 평양에 폭격이 있었어. 그것도 부대 이동이 예정된 날에 말이야. 대체 어디서부터 빠져나간 걸까 했지. 근데 생각해보니까, 내가 회의실 책상에 둔 전투서열에 그 날짜가 적혀 있었더라고. 그 전투서열을 볼 수 있었던 사람이 시기상 네년뿐이더라. 그래서 이번엔 내가 조금 정보를 다르게 줬지. 너는 이제 그쪽에서도 팽 당하게 될 거야. 널 구하러 올 사람은 아무도 없다."

장웨이는 자리에서 일어나 유경 쪽으로 향했다. 걸음마다 식탁 위에 있는 접시들을 다 아래로 던져 깨버렸다. 식탁 바닥엔 깨진 접시 조각들과 음식들이 난장이었다. 장웨이는 화가 난 자신을 보라는 듯이 그렇게 다가와서는 총을 들어 유경의 머리에 총부리를 가져다 댔다. 유경은 그제야 웃음을 지웠다.

"지금 네년이 첩자라는 걸 부하들한테도 말을 할 수가 없어. 네년이 첩자라고 말해버리면, 내 얼굴에 먹칠을 하는 거랑 다를 게 없거든. 그래서 내가 직접 죽이려고. 왜 죽였느냐고 물으면 갑자기 화가 나서 그랬다고 하지, 뭐."

장웨이는 서늘한 미소를 지었다. 그는 지원에게 통역을 하라고 재촉했다. 지원은 입을 열 수 없어 머뭇거렸다. 이어지는 묘한 정적을 깬 사람은 유경이었다.

"못 알아듣는 척하느라 죽는 줄 알았네. 이제야 안 거야? 멍청한 새끼."

아주 능숙한 중국어였다.

〔**중공군 점령지역, 피란민 수용소, 겨울**〕

홍주는 갑작스러운 지원과 장웨이의 방문에 놀라 유경의 카페에서 빠르게 뛰어나왔다. 유경의 답도 제대로 듣지 못한 터라 어떻게 해야 할지 답을 못 내렸다. 어디로 가야 하지. 고민하던 홍주는 순간 머리를 스쳐 간 생각에 피란민 수용소로 다시 달려갔다.

2월 4일, 오늘이 폭격이 예정된 날이라면 피란민들에게도 알려줘야 했다. 도망치라고, 그러지 못한다면 몸을 잔뜩 숙이고 머리를 보호하라고. 한참 달려가던 홍주는 피란민 수용소 앞에서 멈췄다. 북쪽에서 내려온 듯한 중공군 부대가 아까 유경의 카페에서부터 대규모 행렬을 이루고 있었다. 역시 윤정이 말했던 부대 이동 정보가 사실이었다. 그렇다면 유경은 의심받고 있었던 건가. 장웨이에게.

홍주는 머뭇거렸다. 만약 오늘 밤 폭격이 올 것이라 지금 알리다 적군이 알게 되면, 아군의 작전이 무의미해진다. 이번 폭격은 전쟁을 멈출 수 있을까. 윤옥이라면 어떻게 했을까? 머리가 복잡했다. 수용소 앞에 멈춰 서 있는 홍주의 팔을 끌어당긴 건, 지난번에 만났던 말 많은 아주머니였다.

"아가씨, 어디 갔었어?"

"아…… 잠시 그냥 돌아다녔어요."

아주머니는 저녁 배급에 늦으면 많이 못 먹는다며 홍주를 빠르게 끌어당겼다. 얼떨결에 배급 줄에 선 홍주의 머릿속에는 폭격만이 가득했다. 어떻게 하면 살아남을 수 있을까. 자신의 옆에 있는 이 아주머니에게도 말해야 할까. 도망치라고. 홍주는 피란민 수용소 곳곳에 있는 중공군들을 보았다. 답이 없는 질문에 머리가 띵했다. 홍주는 얼결에 아주머니의 손에 이끌려 배급받았다. 아주머니는 억척스럽게 배급을 더 받아냈다. 배급하던 군인이 핀잔을 줄 정도였다. 홍주는 아주머니에게 귓속말했다.

"제 것 더 드세요."

어차피 입맛이 있을 리가 없었다. 폭격이 몇 시간 남은 건지, 초조하게 흘러가는 시간만 헤아렸다. 유경은 장웨이에게 간 것 같은데, 언제쯤 장웨이의 집에서 나올지, 장웨이는 악마라던데 유경은 안전히 나올 수 있는지, 아무것도 몰랐다. 홍주는 여태 이렇게 아무것도 모른 채 있었던 지난날을 후회했다. 왜라는 질문을 잊은 지 3년이었다. 왜 이 임무를 하는지, 왜 전쟁은 끝나지 않는지, 왜 우리를 지켜주지 않는지, 묻지 않았다. 그러나 아군에게 의심받고 있다는 사실을 알게 된 후, 모든 것이 바뀌어버렸다. '왜'라는 질문들이 자꾸 머리를 비집고 나왔다.

"에이, 됐어! 나 좀만 더 줘요!"

아주머니는 홍주의 속삭임이 무색하게 군인들에게 더 많은 배급을 요구했다. 그러고는 멍하게 배급을 받던 홍주의 팔을 끌었다.

"아가씨는 대체 무슨 생각을 그리해? 일로 와."

"아, 저는……."

아주머니가 끌고 간 곳엔 쓰러진 여인과 갓난아기가 누워 있었다. 추운 겨울, 얼기설기 만든 막사 안에서 갓난아기가 울자, 저번에 보았던 할머니가 아기를 안아 달랬다. 말 많은 아주머니는 쓰러진 여인을 일으켜 세워 자신이 받아 온 저녁 배급 음식을 여인에게 떠먹여 주었다.

"엄마가 정신을 차려야 애를 돌보지. 정신 단디 붙잡아! 알 겠어? 남편 죽는다고 세상이 다 무너진 것 같지? 전혀 아니야. 나 봐! 살아 있잖아! 애 두고 남편이랑 같이 손잡고 저세상 가고 싶은 거야? 지금 가족을 잃지 않은 사람들이 어디 있어! 다리 한 짝 잃고도 살고, 부모자식을 영영 못 보기도 하는 세상이야, 지금이!"

아주머니는 모난 말들을 던지면서 여인의 입에 배급 음식을 떠 넣어주었다. 배급 음식은 맛으로 먹는 게 아니라, 살기 위해 먹는 것이다. 아주머니는 자신의 생존을 반으로 떼어내어 여인에게 나누었다.

"엄마가 잘 먹어야, 젖이 나와서 아기한테 먹이지. 안 그래?"

아니, 셋으로 나누고 있었다. 그 모습을 보던 홍주는 무릎을 꿇어 자신의 배급 음식을 아주머니의 식판 위에 올렸다.

"에? 아가씨는 왜?"

"제 것 더 드세요. 저는 괜찮아요."

"뼈밖에 없이 말라서는 누구한테 나누길 나눠! 어여 챙겨 먹어. 볼 때마다 점점 마르는 것 같아. 어이구."

살기 위해, 다 함께 뭉쳐 있었다. 홍주는 이들의 옷차림을 살폈다. 겨울이라 얇은 옷을 여러 벌 겹쳐 입었다고 해도 제대로 몸을 보호할 거라곤 아무것도 없었다. 오늘 밤, 폭격이 오면 이

들은 죽을 것이다. 죽지 않더라도 크게 다칠지도 모른다. 이 자리에서 꼼짝없이. 폭격이 온다는 걸 알면서, 이 사람들에게 말하지 않아서 이 사람들이 다 죽으면, 그건 누구 탓이지. 윤옥은 날 미워할까. 머뭇거리던 홍주는 입을 열었다.

"도망치세요. 이곳에 곧 폭격이 떨어질지도 몰라요."

놀랍게도 폭격이 올 거라는 홍주의 말을 그 자리에 있던 사람들은 모두 믿었다. 왜 그렇게 생각하느냐는 물음도 없었다. 본능적인 공포, 예고 없이 시작되었던 폭격, 그들이 지금까지 보고 겪었던 것들이 홍주의 말을 믿을 수밖에 없게 했다. 말 많던 아주머니는 피란민들 사이에 조심스레 말을 퍼뜨렸다. 홍주는 군인들에게는 말하지 말아달라 부탁했다. 도망칠 수 있는 사람들은 벌써 조금씩 짐을 꾸려 피란민 수용소 뒤쪽에 있는 산속으로 숨어 들어갔다. 홍주는 몸을 다쳤거나 노인이거나 너무 어린 아이들에게는 폭격에 대처하는 방법을 알려줬다. 몸을 잔뜩 숙이고, 머리를 보호해야 한다고 여러 번 당부했다. 남아 있는 사람들은 안전할 수 있길 바라며, 그나마 튼튼한 움집에 단단한 기틀을 덧댔다.

수용소를 관리하던 군인들은 그런 움직임을 폭격에 대비하는 것이라곤 생각하지 못했다. 그저 피란민 수용소 내에 있는 판잣집들을 수리하는 것으로 생각했다. 할머니들과 어린아이들, 몸이 다친 사람들은 단단한 기틀을 덧댄 움집에 몇 명씩 나눠 들어가게 했다. 산속으로 올라간 사람들은 자신들의 봇짐을 두고 갔다. 도망갈 수 없어 남은 사람들에게 폭격 시에 머리를 보호하라고 남기고 간 것들이었다.

준비를 거의 마치자, 말 많은 아주머니는 홍주에게 다가와 물었다.

"근데 어떻게 알았어?"

"……전 군인입니다."

첩자라고 말해야 할지, 어떻게 말해야 할지 순간 고민했지만 군인이 더 괜찮은 표현 같았다. 남편이 첩자로 몰려 목숨을 잃은 여인도 신경 쓰였고 틀린 말도 아니었으니. 아주머니는 고개를 끄덕였다.

"괜찮겠죠? 오늘 밤?"

"괜찮겠지. 이렇게 대비도 했는데……. 아가씨, 아니지……."

아주머니는 홍주에게 다가와 귓속말했다.

"직급으로 불러줘야 하는 거 아닌가?"

그 행동에 홍주는 살짝 웃으며 답했다.

"서홍주입니다. 그냥 홍주라고 불러주세요."

"멋진 이름이네? 멋지게 살아. 밥 잘 챙겨 먹고."

"예."

"근데 어디로 가게? 우리랑 같이 산으로 가지?"

"아, 데리고 갈 사람이 한 명 있어서요. 같이 가려고요."

"아, 동무가 있었어?"

"예, 제 동무입니다."

홍주는 동무라 말해놓고도 당장 유경을 어디서 찾아야 하나부터 막혀버렸다. 아직 장웨이의 집에 있을지, 카페에 있을지, 아니면 그 창고에 있을지 알 수 없었다. 그것도 아니면 그 소위와 함께 도망쳤으려나. 동무라고 해놓고 모르는 게 너무 많은 사이였다. 더 친해질 수 있지 않았을까. 시간이 좀 더 있었다면. 그때, 한 무리의 피란민들이 돌아왔다.

"오, 저들도 일찍 돌아와 다행이네."

홍주는 아주머니의 시선이 향한 사람들을 보고 물었다.

"저들이 누군데요?"

"왜 저번에 말했잖아. 그 저쩍 대장 집에서 일하는 애들."

그들은 천천히 홍주와 아주머니 쪽으로 오며 속닥거리고 있었다. 잔뜩 찝찝한 표정이었다. 홍주는 그들에게 유경의 소식을 묻기 위해 다가갔다.

"오늘 일 칠 것 같지?"

"그치? 이거 나만 그렇게 느낀 거 아니지?"

"그 여자…… 죽으려나……."

"그게 무슨 말입니까?"

덥석 팔뚝을 잡자 깜짝 놀라 홍주를 밀쳐내려던 그들은 아주머니가 뒤이어 오며 고개를 젓자 떨떠름한 표정으로 손을 거뒀다.

"아니, 왜 이래요? 갑자기."

"그 여자, 그 카페 주인 말하는 거 맞아요?"

"아, 맞는데, 왜요?"

"아직 그 집에 있습니까?"

"우리가 나올 때까지는 있었어요. 아주 상다리가 부러질 것 같은 밥을 먹던데……. 아니, 근데 집안 분위기가 서늘해 가지구. 우리끼리 그렇게 생각한 거지, 뭐. 오늘도 점심에 사람을 죽였거든."

사람을 죽였다니. 홍주는 다급히 그들에게 물었다.

"고용인들에게 주는 그 명패 같은 거 없습니까?"

"아, 그런 건 없고 정해진 옷을 입죠. 이렇게요."

"그럼 저랑 옷 좀 갈아입읍시다."

"예?"

당황한 그들은 아주머니에게 시선을 돌렸지만, 아주머니는 고개를 위아래로 살짝 끄덕일 뿐이었다. 당장 도우라는 뜻이었다. 빠르게 판잣집 안에 들어가 고용인의 옷을 빌려 입은 홍주는 잠시 빼두었던 자신의 명패를 챙겨 다시 가슴팍에 넣었다. 추운 겨울날에 금방 차가워진 명패는 더욱더 차게 느껴졌다.

옷을 갈아입고 나오자, 아까 갓난아기를 돌보던 할머니가 홍주를 기다리고 있었다. 할머니는 흰 천 보자기 묶은 것을 홍주에게 건넸다. 흰 천 안에는 아까 배급받은 음식들이 들어 있었다.

"이거 챙겨가게."

홍주가 머뭇거리자 할머니는 홍주의 손을 확 잡아채 음식이 담긴 보자기를 손에 꼭 쥐여주었다. 홍주는 받아 든 보자기를 어깨를 가로지르게 몸에 묶어 봇짐처럼 몸통에 고정했다. 할머니는 야무진 손짓을 보고 만족해했다. 그러고는 홍주에게 물었다.

"오늘이 무슨 날인지 아나?"

"……2월 4일 아닌가요?"

"오늘이 입춘이야. 봄이 시작됐다는 거지."

홍주의 차가운 손을 잡아준 할머니의 손길이 따뜻했다.

"살아남게, 이제 이 지긋지긋한 눈도 그칠 거니까."

할머니는 홍주를 품 안 가득 안아주고는 떠나는 길을 배웅해 주었다. 뒤돌아서 장웨이의 저택으로 향하는 길엔 홍주의 발소리만 들렸다. 적막하고, 고요한, 눈 내리는 겨울도 끝나가는 밤이었다.

〔중공군 점령지역, 장웨이의 저택, 겨울〕

홍주가 고용인들이 입는 옷을 입고 서양식으로 지어진 장웨이의 저택 앞에 서자 근처에 경비를 서 있던 중공군들이 흘긋 홍주를 쳐다봤다. 홍주는 그런 시선에도 원래 출입을 허락받은 것처럼 당당히 들어갔다. 희한한 경험이었다. 여태 자신의 역할은 피란민뿐이었는데, 이번엔 자꾸 원칙과 벗어난 일을 하게 됐다. 카페 여급이 되었다가, 지금은 가정 도우미라니, 이렇게 역할을 바꿔본 적이 있었나. 지난 3년을 통틀어 처음이었다. 그것도 스스로 선택해서. 홍주는 이 역할을 정말 잘 해내고 싶었다. 저번에 유경에게 빌려 읽은 책의 주인공이 말했다. 초심자에게 행운이 따른다고. 처음은 늘 행운이 따른다는 이야기처럼 홍주는 그 행운이 자신에게 있을 것이라 믿었다.

"지휘관 님께서 부탁하신 일 때문에 왔습니다."

장웨이의 저택 앞을 막고 있던 경비병은 못 알아듣겠다는 듯 손을 흔들었다. 홍주는 자신을 가로막고 선 그에게 입고 있는 유니폼을 보여주며 들어가야 한다고 손짓했다. 답답하다는 듯 가슴을 치며 바라보자 경비병들은 좀 더 고민하더니 홍주의 보자기 안에 든 음식을 한 번 더 확인하고는 안으로 들여보내 주었다.

홍주가 장웨이의 저택 안으로 천천히 들어가며 살피니 주위에 경비병들이 꽤 많았다. 장웨이의 모습은 스쳐 가며 본 모습이 다지만, 홍주는 악마라고 불리는 그가 사실은 겁쟁이가 아닐까 싶었다. 커다란 장웨이의 저택에는 많은 소품으로 가득했다. 중국에서 같이 가져온 물건들인 것 같기도 했고, 자신의 거처를 고를 때, 아예 그러한 곳을 고른 것 같기도 했다. 화려하게 꾸며놓은 집 안이 왠지 공허하게 다가왔다. 꽉 들어차서 오히려 여유가 없었다. 유경은 장웨이에 대해 표현할 때, 그를 '달랜다'라는 표현을 썼다. 전쟁 중이 아닌 것처럼 행동하는 걸 좋아한다는 이야기였다. 그땐 잔인하기 그지없다고 들었던 터라 아기도 아니고 정말 그럴까 싶었는데, 과하게 채워져 오히려 공허한 집을 보니 얼핏 납득되는 듯했다.

자연스러운 척하며 부엌을 찾던 홍주는 흘깃 쳐다보는 경비병들의 시선에 미소를 지어주고는 간신히 1층 안쪽에 있던 부엌으로 향했다. 장웨이의 저택은 커다란 2층 주택이었다. 1층의 경비병들은 군기가 풀어져 있고, 2층의 군인들은 각이 잡혀 있는 걸로 보아 아마 식사 자리는 2층이리라. 부엌에는 고기 냄새가 가득했다. 홍주는 어떤 핑계로 식사 자리에 들어갈까 고민하다가, 부엌에 들어가 남은 고기만두들을 접시에 담았다. 그러고는 2층 계단으로 올라가 가장 많은 경비병이 있던 쪽으로 만두 접시를 들고 걸어갔다. 여유 있게 천천히 걸었지만, 홍주의 심장은 빠르게 뛰었다. 유경이 살아 있는 것까지만 보고 오자. 그것만.

2층 접대실 앞에 있던 경비병들을 향해 홍주는 미소 지었다. 경비병들은 홍주가 입고 있는 유니폼과 만두 접시를 보고 접대실의 문을 두드렸다. 안에서 화가 난 듯한 장웨이의 외침이 들렸다.

"무슨 일이야!"

방 안에서 무슨 일이 있는 것이 분명했다. 홍주의 앞에 있던 경비병도 장웨이의 목소리에 잔뜩 기가 죽어서 말했다.

"추가로 음식이 온 것 같습니다."

그 순간, 총성이 울렸다. 홍주의 심장이 아래로 쿵 하고 떨어졌다.

[중공군 점령지역, 장웨이의 접대실, 겨울]

"못 알아듣는 척하느라 죽는 줄 알았네. 이제야 안 거야? 멍청한 새끼."

유경의 능숙한 중국어는 장웨이의 마음을 흔들기 충분했다. 반면 유경은 자신을 몰아세우는 장웨이의 말에 확신했다. 그는 지금 당장 자신을 죽이지 않겠다는 것을. 그 확신처럼 장웨이의 총은 흔들렸다. 유경이 첩자임을 부하들에게도 알리지 못했고, 직접 죽일 수밖에 없다며 위악을 부려댔지만, 접시를 깨부수는 눈빛이 말하고 있었다. 제발 아니라고 말하라고. 극도의 분노만이 아니라, 그 이상의 배신감이 장웨이의 가슴속에 가득 차 보였다. 유경에게 더 가까이 와 이마에 총을 딱 붙여 들이밀며 장웨이는 물었다.

"내 말을 다 알아듣고 있었어?"

"당연하지. 나 만주에서 살았거든."

태연하게 답하는 유경의 태도에 장웨이의 미간이 잔뜩 찌푸려졌다.

"네가 첩자였어? 언제부터?"

"당신을 처음 봤던 그 순간부터."

유경의 담담한 말에 장웨이의 입꼬리가 양옆으로 길어졌다. 혀가 목젖에 달라붙은 것처럼 꺽꺽대며 웃는 것처럼 보였지만, 눈에는 강한 분노로 눈물이 고여 있었다. 온몸을 가늘게 떠는 탓에 손에 들린 총도 조금씩 움직였다.

"혼자야?"

"응. 나 혼자야."

"왜 그랬어?"

"……전쟁 중이잖아."

유경의 담담한 대답에, 장웨이는 머리를 세게 맞은 듯했다.

"당신만은 이해해 줄 알았는데……. 전쟁 중엔 무엇이든 해도 된다는 게 당신 지론이잖아."

그 순간, 장웨이는 유경을 바라보며 악에 받쳐 소리쳤다. 총구를 더 이마에 붙이고 유경의 목을 한 손으로 잡아챘다. 이마에 붙은 총구가 살갖에 생채기를 냈고, 화를 참지 못한 장웨이의 손아귀가 가는 목을 부러뜨릴 듯했다. 장웨이는 점점 얼굴을 붙여왔다. 그런데도 유경은 핏발이 선 장웨이의 눈빛에 안쓰러웠다. 절대 이 사람은 나를 죽이지 않겠다는 생각이 들었다. 몇 번이고 죽일 기회도 있었고, 죽이라고 도발까지 했는데도. 유경은 왜인지 죄책감이 들었다. 이 사람, 날 진심으로 좋아했구나. 사람의 마음을 속이는 일은 이런 무게라는 것을 깨달았다. 그때 문밖에서 노크 소리가 들려왔다.

"무슨 일이야!"

신경질을 부리며 답한 장웨이는 휙 고개를 돌렸다. 노크한 경비병은 갑자기 음식 이야기를 했다. 이미 고용인들은 모두 내보냈다고 들었는데…… 그렇다면 혹시…….

그 순간, 총성이 울렸다.

총성의 시작에는 지원이 있었다. 장웨이가 유경의 이마에 총을 갖다 대는 순간부터 지원은 생각했다. 장웨이의 방아쇠가 빠를까. 자신의 방아쇠가 빠를까. 지원은 장웨이가 유경을 바라보는 사이, 자신의 품속에 있는 총에 손을 가져다 댔다. 차가운 철의 감촉을 한 손에 꽉 쥐었다. 그러나 장웨이와 유경의 거리가 너무 가까웠다. 어디를 쏴야 할까?

장웨이의 추궁에 유경은 '혼자'라고 답했다. 그 말은 지금 이 자리에서 죽는 사람은 한 명이라는 뜻이었다. 유경 혼자 다 떠안고 가겠다는 의지의 표현이기도 했다. 유경은 장웨이와 눈을 맞추고선 단 한 번도 시선을 피하지 않았다. 지원은 이 상황에서 어떤 타개책을 낼 수 있을까 고민했다. 어느 누구도, 이 방 안에 있는 사람은 이 흐름을 바꾸기 쉽지 않을 터였다.

그 순간, 문밖에서 노크 소리가 들려왔다. 그 노크 소리에 대답하며 장웨이의 자세가 흔들렸다. 그때를 놓치지 않고, 지원은 품 안의 총을 꺼내 들어 장웨이의 오른쪽 어깨를 겨냥하여 쐈다. 명중이었다. 장웨이는 오른손에 들고 있던 총을 떨어뜨렸다. 어깨를 감싼 장웨이는 충혈된 눈으로 지원을 돌아봤다.

  "네가 감히?"

  "켈로 부대 소속 첩보대원 강지원 소위다. 내가 이 작전 책임자야."

  연이은 배신에 분노하면서도 장웨이는 어쩌면 자신이 어렴풋이 모든 것을 알고 있었다고 생각했다. 우연히 마주했던 첫 만남부터가 지나치게 운명적이었다. 폐업 직전의 카페도, 유경이 보여주는 춤과 노래도, 모든 것이 자신을 위해 준비되어 있는 듯했다. 그것을 알면서도 넘어갔다. 이 여자도 살기 위해 나를 이용하는 거라면, 나도 즐거움을 위해 이용할 것이기에. 잇따라 생겨나는 수많은 질문들을 다 묻어뒀다.

  그것이 이 결과를 낳았다. 자신을 겨냥한 부하의 총 한 자루와, 깨진 접시 조각을 목에 갖다 대고 위협하는 연인. 언제부터 잘못된 걸까. 연인에게 진심이 되어버린 그 순간이 시작이었으리라. 해맑게 웃는 것이 좋아서, 그 웃음을 보고 있으면 전쟁 중인 것이 조금은 잊혀서, 왜 하는지도 모르는 이 전쟁의 목표를 이 여자를 살리는 것으로 두면 어떨까 해서. 그렇게 멋대로 이어 붙여버린 감당할 수 없는 감정이 지금 자신을 이렇게 만들었다. 유경은 깨진 접시 조각을 더욱 장웨이의 목에 갖다 대었다. 가늘게 피가 맺혔다.

장웨이는 유경에게 위협당한 채, 총성에 황급히 문을 열고 들어오는 경비병들과 한 여자를 마주했다. 기시감이 들어 여자를 어디서 봤는지 생각하는 순간, 장웨이는 오늘 유경의 카페에서 뛰쳐나가던 한 여자를 떠올렸다. 부하들이 말하던 카페의 또 다른 여급. 장웨이는 자신이 얼마나 많은 것들을 보지 않고 있었는지 깨달았다.

"지휘관을 살리고 싶으면, 이 방에서 당장 나가. 그 여자애만 두고."

유경의 자연스러운 중국어 명령에 경비병들은 머뭇거렸다. 그들은 상관이 명령을 내려주길 바라며 유경에게 붙잡힌 장웨이를 바라보았다. 유경은 장웨이에게 작게 속삭였다.

"나도 살고, 당신도 살자고."

장웨이는 경비병을 보고 고개를 저으며 말했다.

"나가 있어. 내가 부르면 들어와."

경비병들이 나가고, 홍주는 접대실 문을 걸어 잠갔다. 문이 쉽게 열리지 않게 장웨이가 중국에서 들여온 무거운 가구도 문 앞에 넘어뜨려 두었다. 뒤돌아보니 지원은 자신의 중공군 군복 상의를 벗어 장웨이의 두 손을 등 뒤로 결박하고 있었다. 지원을 보자마자 홍주는 며칠 전 유경이 없는 카페에 찾아왔던 남자를 기억해 냈다. 유경이 말하던 켈로 부대 소속 소위가 저이일 것이다. 지원이 장웨이의 손목을 묶는 내내, 유경은 여전히 그의 목에 깨진 접시 조각을 들이민 상태였다. 지원이 장웨이를 의자에 앉힌 뒤 머리에 대신 총구를 들이밀자 유경은 그제야 깨진 접시 조각을 바닥에 내던졌다. 꽉 잡고 있던 탓에 유경의 손은 피로 물들었다.

모든 준비가 다 되자마자 홍주는 달려와 유경을 안았다. 그러고는 유경의 등을 쓸어내렸다. 살아 있어서 정말 다행이라는 뜻이었다.

"도망간 줄 알았는데."

"네 답을 못 들어서."

유경은 홍주의 대답에 웃었다. 미련한 게 딱 홍주가 할 법한 선택이었다. 유경은 홍주의 팔을 풀고 주위를 돌아보며 말했다.

"어떡하지 이제?"

접대실 문밖에는 경비병들이 있을 것이고, 장웨이를 인질로 잡고 있다고 해도 세 사람이 계단을 뚫고 내려가는 일은 절대적으로 불가능할 것이다. 살아서 이곳을 벗어날 수 있을까. 생각에 빠져 있던 홍주가 답했다.

"도망가야지."

홍주는 접대실의 큰 창문을 바라보았다. 장웨이가 애용하는 접대실에는 큰 창문이 있고, 그 창문에는 흰색 커튼이 달려 있었다. 그리고 그 큰 창문을 열면 곧바로 뒷마당이었다. 높이가 아찔했다. 하지만 이 길뿐이라는 생각에 홍주는 큰 창문에 달려 있던 흰색 커튼을 떼어냈다. 두드득. 옆에 있던 다른 한쪽은 유경이 뜯어냈다. 두 개의 큰 커튼을 이어 묶고, 창문의 아래로 내려보냈는데, 길이가 모자랐다. 홍주는 유경에게 흰색 커튼을 붙잡고 있으라고 말하고는 식탁으로 가 식탁에 깔려 있던 식탁보를 휙 하고 잡아 뺐다. 그 반동에 접시들이 우수수 떨어졌다. 식탁 근처에 앉아 있던 장웨이의 발치로도 깨진 접시 조각들이 아래로 떨어졌다. 조각들을 보며 장웨이는 자조적인 미소만 지을 뿐이었다. 지원은 그런 장웨이를 내려다보았다. 전쟁터의 악마라고 불리는 그가 한없이 작아 보였다.

홍주가 가져온 식탁보를 이어 묶으니 그래도 뛰어서 착지할 정도의 길이로 동아줄이 완성되었다. 홍주가 그 줄의 끝을 접대실 안에 있는 큰 서랍장의 다리에 묶었다. 그 사이, 유경은 장웨이가 떨어뜨린 권총 한 자루를 허리춤에 꽂아 넣었다. 장웨이는 그런 유경을 바라봤다. 시선을 느낀 유경이 고개를 돌려 장웨이에게 고맙다며 감사 인사를 전했다.

"고마웠어요."

이 고마움은 진심이었다. 정보원으로서의 장웨이는 완벽했으니까 말이다. 장웨이는 갑자기 낄낄낄 웃었다. 그러고는 유경에게 물었다.

"그게 다야……?"

장웨이는 마지막으로 유경에게 바라는 답이 있었다. 지금이라도 사랑하는 척이 아니라 진심이었다고 말한다면 유경을 너그러이 용서해 줄 마음이 있었다. 그것이 미련한 마음이라는 걸, 장웨이도 알았다. 그런데도 기대했다. 지난 3년이라는 시간이 정말 아무것도 아니란 말인가. 유경은 잠시 물끄러미 장웨이를 쳐다봤다. 그러고는 그의 목에 난 상처─유경이 갖다 대고 있던 접시 파편에 스쳐서 난─에서 조금씩 배어 나오는 피를 손수건으로 닦아줬다.

"당신도 살아남아요. 이건…… 진심이에요."

장웨이의 미간이 찌푸려졌다. 바라던 답에서 절반만 맞혔다. 진심이라는 것, 그것이 사랑이었으면 더 좋았을 것을. 유경은 거짓으로도 조금의 여지를 만들지 않았다.

"전쟁 중이라고 다 죽어버리라고 할 순 없으니까. 당신도 참

딱한 사람이니까, 잘 지내요."

유경의 말에, 게다가 능숙한 중국어에, 장웨이는 낄낄낄 웃었다. 자신은 완벽히 속아버린 것이다. 마냥 아이처럼 보고 싶은 모습만 보고 있었다. 아니 그러고 싶었던 과거의 자신을 책망해 봐야 이미 돌이킬 수 없었다. 어찌 되었든, 이제는 진짜 끝이었다.

"여기서…… 도망칠 수 있을 것 같아?"

"해봐야 알겠죠? 뭐든지 해봐야 끝을 알게 되니까."

그때, 홍주가 다 준비되었다는 신호를 보냈다. 서랍장의 아래에 단단히 동아줄을 고정했고, 서랍장이 떨어지지 않게 잘 기대두었다. 유경은 홍주가 있는 창가 쪽으로 가며 장웨이에게 총을 겨누고 있던 지원에게 오라고 손짓했다.

"빨리 와요."

"두 분 먼저 내려가시죠. 뒤따라가겠습니다."

지원은 단호하게 말했다. 홍주는 그 말에 멈칫했고, 유경은 바로 내려갈 준비를 했다. 홍주가 지원을 바라보며 말했다.

"같이 가는 게 나을 것 같은데요."

지원은 괜찮다는 듯 고개를 저었고, 유경은 머뭇거리던 홍주를 끌어와 열린 창문틀에 앉혔다.

"그런 말 안 통하는 사람이야. 그냥 우리가 빨리 가주는 게 더 나을 거야."

유경이 먼저 줄을 잡았다. 흰색 커튼이라 아까 손바닥에 난 상처 자국이 핏자국으로 선명하게 묻어났다. 홍주는 유경이 내려가는 동안, 안에서 줄을 좀 더 단단하게 붙잡아줬다. 유경이 흰색 동아줄의 끝에서 뛰어내려 뒷마당에 착지했다. 순간, 살짝 삐었는지 오른 발목이 시큰거리는 게 느껴졌다. 유경은 그 아픔을 숨겨내며 자신을 내려다보는 홍주에게 두 팔로 크게 동그라미 표시를 했다.

홍주는 지원에게 가볍게 묵례를 하고는 유경의 붉은 손바닥 자국을 보며 아래로 향했다. 커튼으로 만든 동아줄에만 매달리니 아래가 아득했다. 홍주는 동아줄을 꽉 쥐었다. 온몸이 긴장해서 떨리기 시작했지만, 내려가야 했다. 힐끔 아래를 내려다보면 유경이 괜찮다는 듯 고개를 끄덕였다. 살아남을 수 있다는 뜻이었다. 이놈의 고질병인 고소공포증을 이겨내야 했다. 심장이 빠르게 뛰었고, 그럴수록 땅은 더 깊은 아래로 내려가는 듯했다. 그래서 홍주는 유경이 남겨둔 붉은 손바닥 자국에 집중했다. 아래가 아니라 흰 커튼 위에 유경이 남긴 붉은 자국만 봤다. 다음으로 자기 손이 가야 할 위치에만 집중하며 아래로 조금씩 내려갔다. 붉은 손바닥 하나, 둘, 셋. 그렇게 하나씩, 동아줄의 끝을 향해 내려갔다. 땀이 비 오듯 흐르는 바람에 손에도 땀이 나 커튼을 붙잡고 있는 손이 미끄러졌다. 홍주는 자신의 한쪽 다리를 동아줄에 살짝 감아 균형을 유지했다. 그렇게 간신히 도달한 끝에 홍주는 동아줄을 잡고 있던 손에 힘을 빼고 안전히 땅에 도달했다. 역시 사람은 땅에 사는 동물이었다.

홍주는 뒷마당에 도착하자마자 동아줄을 흔들었다. 2층에 있는 지원에게 내려오라는 신호였다. 그런데, 그때 위에서 총성이 들렸다. 계획에 없는 총성이었다.

홍주까지 창문 아래로 내려가고 나서 지원은 장웨이에게 물었다.

"이 집에 경비병이 몇이나 돼?"

"잘은 모르지만, 너희가 쉽게 나갈 수는 없을 거야."

장웨이가 낄낄낄 웃었다. 자신감이 넘쳐 보였다. 지원이 생각해도 사실일 것이었다. 지원은 고민했다. 어떤 방법이 그 두 소녀를 모두 살리는 방법일까 하고 말이다.

"분명 잡힐 거라고. 설마 집을 둘러싸고 있는 경비병들이 뒷문이라고 없을까?"

지원의 표정이 굳었다. 그러고는 장웨이의 이마에 총구를 겨눴다.

"그럼, 유인해야겠네?"

지원의 말에 장웨이는 온몸이 떨려오는 걸 느꼈다. 지원의 감정 없는 눈빛이 두려웠다. 이 사내는 자신을 죽일 터였다. 장웨이는 지원을 시험했던 점심때를 떠올렸다. 지원은 그때와 같은 표정을 하고 있었다.

"날 죽이게? 내가 어떤 사람인지 알아?"

"우리나라 사람은 아니지."

지원은 주저 없이 방아쇠를 당겼다. 장웨이의 고개가 힘없이 떨어졌다. 그 총성에 홍주가 잠가뒀던 접대실의 문이 경비병들에 의해 열렸다. 지원은 고개를 떨군 장웨이의 뒤에 숨어 총격전을 벌였다. 그러나 상대편이 가진 총알의 수가 너무 많았다. 빗발치는 총알에 정신이 아득했다. 끝내 유경과의 약속을 지키지 못했다. 안전히 데려다주겠다는 약속. 그저 무사히 도착하길 바랐다. 지원의 전쟁은 그날 밤, 끝이 났다.

위에서 들린 총성을 시작으로 유경과 홍주는 뒤도 돌아보지 않고 달리기 시작했다. 순식간에 총성이 연달아 들렸다. 유경은 저 소리가 지원이 보내는 마지막 신호임을 직감했다. 살아남자고 약속했으면서. 유경은 울음을 간신히 삼켜내며 달렸다. 지원과 만나던 그 숲속으로 더 빠르게.

지원이 만들어낸 총성으로 대부분의 경비병들은 2층 접대실로 올라갔으나, 저택 주변을 지키던 몇몇의 군인들은 소리가 들려온 뒷마당으로 달려왔다. 뒷산으로 뛰어 올라가던 유경과 홍주를 발견한 경비병들이 뒤를 쫓기 시작했다.

〔3년 전, 훈련소, 가을〕

윤옥은 구보 훈련을 싫어했다. 반면 홍주는 훈련을 어렵게 생각하지 않았다. 어떤 훈련이든 훈련은 언젠가 끝날 것이고, 그러면 맛있는 미제 초콜릿을 먹을 수 있었으니까. 땀을 잔뜩 흘리며 훈련을 마치고 나면, 늘 달콤한 초콜릿 한 조각을 윤옥과 나눠 먹었다. 달고 쓸쓸한 초콜릿은 고된 하루를 잊기엔 충분하지 않았지만, 녹아 없어지기 전까지는 행복할 수 있었다.

홍주가 윤옥의 속도에 맞춰 구보 훈련을 해줄 때면, 윤옥은 숨을 거칠게 쉬며 홍주에게 말했다.

"빨리 가, 괜히 언니만 더 혼나."

"너랑 같이 가야 내가 덜 혼나."

홍주는 구보를 힘들어하는 윤옥의 등을 슬쩍 밀어주며 힘을 보탰다. 윤옥이 입대하겠다고 선언했을 때, 윤옥의 어머니는 홍주에게 아직 뭐가 뭔지도 모르는 아이니 네가 잘 보살펴 달라고 부탁했다. 그것도 무릎을 꿇은 채로. 홍주는 그날 이후로 윤옥을 보면 윤옥 어머니의 목소리가 들렸다.

"널 사지로 내모는 것 같아 미안하지만, 내가 나쁜 사람이라 너한테 모진 부탁 좀 할게. 같이 가서 윤옥이 좀 보살펴다오. 부탁이다. 응?"

홍주는 헉헉거리며 달리는 윤옥의 뒷모습을 보며 생각했다. 이렇게 힘도 없고, 몸도 못 쓰는 게 왜 이런 곳에 온다고 해서 어머니 마음을 아프게 하나 하고. 홍주는 불쑥 든 괘씸함에 윤옥에게 꿀밤을 때리고는 빠르게 앞으로 달려 나갔다. 그러면 윤옥은 오기로 가득 차 속도를 내며 홍주를 뒤쫓았다.

모든 훈련이 끝나고 찾아온 평화로운 밤, 얇은 이불 위에 윤옥과 홍주는 나란히 누워 새까만 천장을 바라보았다. 윤옥이 홍주에게 작게 말했다.

"자?"

"아직. 왜?"

"나 때문에 괜한 짓 하지 마."

"괜한 짓 뭐?"

"위험하게 구하려고 하지 말라고. 그거 싫어."

"그럴 생각도 없었는데, 김칫국은."

윤옥은 완전히 홍주 쪽으로 돌아누웠다. 그러고는 자신감을 내비쳤다. 훈련 체질이 아니어서 그렇지 분명 실전에서는 자신이 굉장히 잘할 것이라고 말이다. 그리고 가장 필요한 훈련은 낙하 훈련이라고 말했다. 유독 낙하 훈련에 벌벌 떨던 홍주를 놀리는 말이었다. 가만히 듣고 있던 홍주가 발끈했다.

"낙하가 뭐가 중요해? 거기서 잘 복귀하는 게 중요하지."

"낙하가 시작이잖아."

"살아서 돌아오는 게 제일 중요한 거거든. 그러려면 잘 달려야지."

"돌아오려면 일단 가야 하는 거 아냐?"

유치한 말싸움이었다.

하루는 같이 구보 훈련을 하던 중에 윤옥이 발목을 접질러 넘어졌다. 바로 뒤에 뒤따라가고 있던 홍주가 윤옥을 부축했다. 윤옥의 발목은 붉게 부어올랐다. 이를 본 홍주가 교관을 부르려는데, 윤옥이 제지했다. 훈련을 끝마치겠다는 뜻이었다.

"무슨 짓이야? 너 당장 의무실로······."

"이거 한 바퀴만 마저 돌면 되잖아. 돌아오는 게 제일 중요하다며……!"

윤옥은 절뚝거리며 다시 뛰기 시작했다. 홍주는 그런 윤옥의 옆에서 같이 달렸다.

"바보 같은 짓 하지 마. 쓸데없는 오기 부리지 말라고."

"실전에서도 이럴 거야?"

윤옥은 계속 달리며 홍주에게 물었다. 홍주는 애처럼 싸움을 걸어오는 얄미운 질문에도 윤옥의 곁에서 속도를 맞춰 달렸다. 그런 홍주의 행동에 윤옥은 화를 냈다.

"아니! 어쩌려고 뒤처진 사람 속도를 맞춰? 앞서가야지. 살아 돌아오는 게 우선이라며."

나중에 홍주는 자신이 뱉은 그 말을 수십 번이고 후회했다. 그냥 살아만 돌아오는 것이 우선은 아니었는데.

홍주와 윤옥이 첫 임무에 투입되는 그날이 드디어 찾아왔다. 홍주는 하늘에서는 팽팽하게 활짝 펼쳐졌다가 땅으로 내려오니 힘없이 축 처져 자신을 잡아먹은 낙하산에서 간신히 빠져나와 덜덜거리는 다리를 바로 세워 땅에 발을 붙였다. 멀쩡히 내려와 있던 윤옥은 홍주를 안아주고는 먼저 길을 떠났다. 홍주는 앞으로 나아가는 윤옥의 뒷모습을 흐뭇하게 보았다. 자신이 생각했던 것보다 윤옥은 훨씬 단단한 아이였다. 아니 어쩌면 늘 윤옥은 홍주에게 그런 사람이었다. 더 많이 흔들리는 쪽은 홍주였으니까. 홍주는 생각했다. 아직 나는 너를 구한 적이 없지만, 너는 나를 많이도 구했다고. 홍주는 윤옥이 걸어간 길을 가만히 바라보았다. 그렇게 얼마나 지났을까. 윤옥의 비명이 들렸다.

나무 밑동에 기대 잠시 쉬고 있던 홍주는 그 비명을 쫓아 눈길을 마구 달렸다. 빠르게 뛰는 심장을 감당하지 못할 정도로. '제발 살아 있어라.'를 속으로 되뇌었다. 한참 푹푹 빠지는 눈길을 달려 도착하자 윤옥은 적군의 총 앞에 있었다. 그리고 아직 살아 있었다.

"어디서 왔어?"

"저는 그냥 피란민이에요."

윤옥의 떨리는 목소리가 무색하게, 적군은 모든 것을 알고 있었다.

"낙하산 타고 떨어지는 피란민도 있나?"

적군의 총구가 윤옥의 이마에 가까워졌다. 홍주는 새하얘지는 머리로 어떻게 윤옥을 살릴 수 있을까 생각했다. 홍주가 적군과 윤옥이 있는 쪽으로 조심스레 걸어갈 때, 윤옥과 눈이 마주쳤다. 홍주는 괜찮을 거라며 미소 지었다. 윤옥은 홍주가 가까이 다가오지 않기를 바랐다. 괜히 구하러 오지 말라니까.

항상 약속을 지키지도 못하는 언니면서. 홍주가 더 가까이 다가갔을 때, 눈 속에 파묻혀 있던 나뭇가지가 부러졌다. 바스락하는 소리가 고요한 겨울 산속에서 너무 크게 들렸다. 윤옥의 이마에 총구를 들이밀고 있던 적군은 그 소리에 고개를 돌리려 했다. 윤옥은 적군이 홍주를 발견하지 못하게 총부리를 붙잡았다.

"뭐야! 이년이."

총부리를 잡아챈 윤옥을 밀치던 적군은 힘겨루기를 하다 총을 쐈다. 탕! 총알은 윤옥의 심장을 정확히 관통했다. 흰 무명 저고리에 붉은 피가 스며들었다. 총을 쏜 적군은 놀라서 도망쳤다. 나뭇가지를 밟고 놀라 옆에 있던 바위 뒤로 숨었던 홍주는 자신 때문에 죽은 윤옥을 마주했다.

하얀 눈과 붉은 피, 그리고 그 중심에 쓰러져 있는 윤옥은 도무지 어울리지 않는 장면이었다. 홍주는 윤옥의 옆에서 소리 없이 눈물을 흘렸다. 홍주는 두 손으로 눈을 걷어내고, 겨울 산의 딱딱한 흙을 파냈다. 그렇게 한참 땅을 파내자 홍주의 손에도 피가 잔뜩이었다. 손톱 끝이 모두 까졌다. 그 쓰라린 아픔은 홍주에게 느껴지지 않았다. 홍주는 윤옥을 그 산에 묻어주었다. 그날, 홍주는 윤옥의 무덤 옆에서 잠이 들었다. 꿈이길 바라면서. 불행히도 꿈은 아니었다.

홍주는 윤옥의 꿈을 꾼 날이면 생각했다. 살아 돌아오는 게 중요한 것이 아니라, 너와 함께 돌아오는 것이 중요하다고 말했어야 했는데. 혼자 살기 위해 바위 뒤로 숨어버린 것이 아니라고 말해줬어야 했는데. 홍주는 그것이 제일 큰 후회였다.

그 이후로도, 홍주를 스쳐 간 수많은 소녀들에게 홍주는 같이 돌아오자고 말하지 못했다. 그 말을 내뱉지 못한 것엔 하나의 이유가 있었다. 만약에 자신을 두고 가야 할 때라면, 그들이 머뭇거리지 않고 살아남기를 바라서였다. 그래서 늘 "살아남자."라고 말할 수밖에 없었다.

〔현재, 중공군 점령지역, 산속, 겨울〕

유경은 새삼 지원의 빈자리를 느꼈다. 이전에 지원과 함께 왔을 때는 편했던 산길이 형용할 수 없게 험했다. 홍주가 길을 내며 앞서서 뛰어가고, 유경은 그 길을 뒤따랐다. 신고 있던 예쁜 구두는 벗어버린 지 오래였다. 뒤에서 경비병들이 빠른 속도로 쫓아오고 있었다. 쫓아오며 그들이 쏜 몇 발의 총성이 산속을 울렸다. 아까 창문에서 떨어지면서 접질린 유경의 발목이 점차 부어오르기 시작했다. 저리고 아팠다. 그럼에도 계속 달려야 했다. 살아남기 위해서.

유경보다 앞서가며 험한 산길에서 길을 찾던 홍주는 뒤따라오던 유경의 속도가 확연히 느려졌단 걸 깨달았다. 뒤돌아본 홍주는 절뚝거리는 유경의 걸음걸이를 보고 속도를 늦춰 유경의 옆에서 달렸다.

"뭐 하는 짓이야? 미련하게."

"같이 가자. 같이 돌아가자."

유경의 등 뒤를 홍주가 살짝 밀어주었다. 그런 홍주의 도움에도 유경은 점점 속도가 느려지는 자신이 답답할 따름이었다. 모든 게 다 후회됐다. 아까 카페에서 홍주보고 먼저 도망치라고 했다면, 장웨이와 운명 같은 만남을 꾸며내지 않았다면, 3년 전 카페에서 자신을 말리던 지원의 말을 들었다면, 그저 촛대 역할에만 만족했더라면, 어차피 연희를 찾을 수 없다는 걸 인정했더라면, 어땠을까. 지원은 죽었을까? 지금 옆에 있는 홍주 정도는 살릴 수 있었을까? 유경의 머리가 복잡했다. 너무 많은 가능성들이 상상할 수 없는 영역으로 넘어가고 있었다.

홍주는 바위든, 큰 나무든, 계곡이든, 숨을 곳을 찾았다. 이렇게 달리다간 잡힐 것이 뻔했다. 그러나 모든 것이 말라버린 겨울 산속에는 조그마한 수풀 하나도 보이지 않았다. 게다가 이곳은 잎을 다 떨어뜨린 나무들만 즐비했다. 계속 달리면 끝날 수 있는 싸움일까. 홍주는 유경을 부축해 거의 안고 가듯 끌었다. 뒤에서는 또 한 차례 총성이 울려 퍼졌다. 홍주와 유경은 총알을 피해 일부러 나무들 사이로 왔다 갔다 했다.

그렇게 얼마나 더 달렸을까. 나무가 더 빽빽해진 산속에서 숨을 고르기 위해 홍주와 유경은 각자 큰 나무의 뒤로 숨었다. 총성도 잦아들고 조용해진 산속엔 경비병들이 점점 다가오는 발소리가 들렸다. 소복한 눈을 밟는 소리만이 조용히 울렸다. 홍주는 자신의 옆 나무에 숨은 유경을 보고 '하나, 둘, 셋 하면 뛰자.'라고 입 모양으로 말했다. 유경은 웃으며 고개를 끄덕였다. 그리고 입 모양으로 말했다.

'살아남아.'

홍주도 고개를 끄덕이며 입 모양으로 답했다.

'너도.'

잠시 숨을 고르고, 홍주는 유경을 바라보며 입 모양으로 '하나, 둘, 셋' 하고 달리기 시작했다. 뒤로 여러 발의 총성이 이어졌다. 홍주는 앞만 보고 달렸다. 겨울바람이 홍주의 귀밑머리를 스쳤다. 추운 날에도 긴장한 탓에 흐르는 땀이 차갑게 식고 있었다. 잠시 뒤, 총성이 사라지자 홍주는 여유로운 미소로 옆을 봤다. 살아남았다는 안도가 홍주를 덮쳤다. 그런데, 유경은 곁에 없었다. 그제야 홍주는 같이 달려오던 유경이 없다는 것을 깨달았다. 홍주가 급히 뒤를 돌아보지만, 유경을 찾을 수가 없었다. 사람이 숨을 곳이 없는 겨울 숲에서 유경이 사라진 것이다. 홍주는 다시 왔던 길을 되돌아가며 유경이 말한 '살아남아.'를 떠올렸다. 제발 너도 살아 있어라. 제발. 홍주는 여느 때보다 빠르게 달렸다. 절대로 유경을 혼자 두지 않을 것이다.

홍주는 자신이 달렸던 길을 되돌아가 조금 전까지 두 사람이 숨었던 나무가 빽빽한 곳에 도착했다. 그리고 그 나무들 사이, 소복이 쌓인 눈 위로 끌려간 듯 긴 핏자국이 남아 있었다. 또다시 흰 눈 위에 붉은 핏자국이 홍주의 머릿속을 가득 채웠다. 웅웅 하고 머릿속이 울렸다. 이 지긋지긋한 붉은 피는 홍주를 계속 쫓아다녔다. 이번에도 같이 가지 못했다. 이번에는 반드시 살릴 수 있다고 믿었는데, 같이 살아남을 수 있을 것이라 믿었는데. 손발이 저렸다. 그 상태로 홍주는 주저앉았다. 홍주의 발이 눈 아래로 푹 꺼져 들어갔다. 흰 눈과 붉은 피, 홍주는 피 묻은 눈을 품 안에 감싸 안았다. 꼭 무대를 하러 간다더니, 이리 감쪽같이 사라지면 어찌 찾으라고. 주연배우가 되어 박수갈채를 받겠다는 꿈은 어떡하고, 대체 어디로 간 거야. 계속 상상하라고 해서 유경이 주연인 공연을 볼 상상을 했건만. 또한 번 너를 향해 박수갈채를 보내리라 다짐했는데, 유경은 붉은 핏자국만 남긴 채 사라져 버렸다.

타타타. 타타타. 저 멀리서 비행기 모터 소리가 점차 다가오고 있었다. 홍주는 하늘을 올려다보았다. 어두운 밤하늘, 무거운 철로 둘러싸인 비행기가 마치 그날처럼 홍주의 머리 위로 스쳐 갔다. 빌어먹을 흰토끼를 만났던 그해의 여름처럼.

순식간에 폭격이 시작됐다. 폭격 소리에 홍주의 절규가 묻혔다. 누구 하나 죽어도 이상하지 않은 전쟁 중이었다.

〔15분 전, 중공군 점령지역, 산속, 겨울〕

유경은 나무 뒤에 숨어 생각했다. 아까 접질린 오른 발목, 아니 발목은 그래도 참고 간다고 해도, 방금 경비병들에게 맞은 총상은 위험했다. 복부를 관통한 총상에서 피가 계속 흘렀다. 이 상태로는 운 좋게 도망쳐도 아군 기지에 도착하기도 전에 죽을 것이다. 피가 울컥하고 쏟아질 때마다 점점 서늘해지는 이 기분이 죽음인가 하고 유경은 생각했다. 무대로 꼭 다시 돌아가고 싶었는데, 그러지 못하는 것은 죽어서도 한으로 남을 터였다. 다음 생에는 좀 더 쉽게 이뤄질 것을 꿈꿔볼까 싶었다. 하지만, 그러지 못하겠지. 다음 생에도 자신은 늘 반짝이는 것을 꿈꿀 터였다. 그럼 이번 생은 어떻게 죽으면 잘 죽는 것일까. 무엇보다 홍주는 이런 상태의 자신을 버리지 못하리라. 혼자면 살아 돌아갈 수 있을 텐데…….

옆에 있던 홍주는 달려갈 준비를 다 했다. 그런 홍주를 유경은 자신의 허리춤에 꽂아둔 장웨이의 권총에 손을 가져다 댔다. 조금이라도 홍주가 도망칠 수 있는 시간을 벌 수 있지 않을까. 정말 조금이라도. 그럼 홍주는 살아남지 않을까. 그렇다면 잘 죽는 방법이라고 볼 수 있지 않나? 한 번도 써볼 일 없었던 총의 촉감이 되레 따뜻하게 느껴졌다. 그만큼 몸이 식고 있다는 뜻이었다. 피가 너무 많이 흘렀다. 정신이 아득해졌다. 더 늦기 전에 홍주가 얼른 출발해야 했다. 그래야 마지막으로 내 역할을 할 수 있으니까. 그래도 홍주에게 〈옥중화〉의 결말까지 보여줄 수 있어서 다행이었다. 한 명의 관객에게라도 박수갈채를 받았으니 충분하다.

홍주가 달리기 시작하는 순간, 유경은 경비병들을 향해 방아쇠를 당겼다. 마치 육상 경기에서의 신호탄처럼 총성이 산속에 울려 퍼졌다. 홍주는 나아가는 방향으로 달렸고, 유경은 책임지는 방향으로 달렸다.

〔폭격 하루 전, 서울, 미군 야전병원, 겨울〕

현호는 자신의 병상에서 짐을 싸기 시작했다. 짐을 싸던 현호의 곁에 일화가 다가왔다. 일화는 현호의 병상 위에 걸터앉아 물었다.

"벌써 기지로 복귀하게?"

"응."

"아직 완전히 낫지도 않았는데⋯⋯. 소독도 계속 해야 하고. 붕대도 계속 바꿔야 하는데⋯⋯."

"홍주가 거기로 올 거야. 그러니까 거기서 기다려야지."

현호의 목소리는 단호했다. 일화는 어쩔 수 없다는 듯 병상에서 내려와 말했다.

"그럼 같이 가자. 내가 붕대 계속 갈아줄게."

"위험해. 나 혼자 갈게."

"나도 홍주 언니 보고 싶어. 가자, 같이."

일화는 현호의 짐을 대신 싸주었다. 현호는 일화에게 서울이 좀 더 안전하니 이곳에 머물라고 한참을 설득했지만, 일화는 설득될 생각이 없었다.

"거기가 더 사람이 필요해. 그리고 홍주 언니가 많이 다쳐서 오면 어떡해. 치료해 줘야지. 그 언니는 가끔 자기 몸을 잘 못 살피거든, 바보처럼. 그래서 나 같은 사람이 필요해."

현호와 일화가 다시 전방기지로 돌아가기 위해 트럭을 기다리는 동안, 야전병원에는 새로운 환자가 들어왔다. 평양에서 내려온 윤정이라는 첩보원이라고 했다. 트럭을 타고 서울로 오는 길에 지뢰에 트럭이 뒤집어졌다고 했다. 갈비뼈가 부러져 병원에 온 윤정을 현호가 알아보고 인사했다. 거칠게 숨을 몰아쉬는 윤정의 손을 현호가 꽉 잡아주었다.

"고생하셨어요."

생명에는 지장이 없을 테지만, 목이 상했다는 의사들의 이야기를 들었다. 다시 이전처럼 명료한 목소리를 낼 수 없을 것이었다. 현호는 생각했다. 나는 발, 당신은 목. 우리는 왜 이렇게 잃어야 하는 것이 많습니까. 그러니, 모든 것을 잃게 하진 마세요. 제발.

그리고 기다리던 군용 트럭이 왔다. 현호와 일화는 전방기지를 위한 의약품을 챙겨 홍주를 맞이하기 위해 떠났다.

〔대규모 폭격이 있은 지 열흘 후, 켈로 부대 전방기지, 겨울〕

일화는 부대 내 간이병상에서 일손을 돕기 시작했다. 갈비뼈 부상이 완전히 낫기 전까지는 첩보 대원에서 빠져 있는 상태였기 때문이다. 일화는 부상 중이면서도 부대 내의 분위기를 꽉 잡고 있었다. 전쟁의 금기 같던 웃음도 일화에게는 쉬웠다. 그런 일화에게 요즘 가장 신경 쓰이는 사람은 승희였다. 쉽게 웃어주지 않는 아이였다. 일화가 아무리 농담을 던지고 장난을 해도, 받아주질 않으니 그 다음으로 넘어가기가 쉽지 않았다. 그럼에도 포기할 일화는 아니었기에, 일화는 승희를 쫓아다니며 기분을 묻거나, 공기놀이를 하자거나, 같이 빨래하러 가자거나, 상처에 연고를 발라주겠다거나, 여러 이유를 붙이며 들러붙었다.

"대체 나한테 왜 그러는 거야! 싫다고. 전쟁 중이잖아. 내일 당장, 아니 1시간 있다가 여기에 폭격이 떨어지면 죽는 거야.

홍주 언니도 죽었어."

"그러니까 더더욱 그러면 안 되지. 마지막까지 울상 할 거야? 전쟁 중이라서? 그게 뭐야. 그건 전쟁에 적응한 거야. 전쟁에 이기려면, 전쟁이 원하지 않는 걸 택해야지. 그리고 홍주 언니는 무조건 살아 돌아올 거야."

일화는 무조건 홍주가 돌아오리라 믿었다. 누군가는 전쟁 중에 낙관주의라며 비웃을지도 몰랐지만 그 낙관이야말로 그녀를 살게 하는 원동력이었다. 겨울의 끝자락인 2월이었고, 서서히 따뜻해지는 날씨를 느끼며 일화는 홍주가 무조건 돌아올 것이라는 확신에 차 있었다. 일화에게 홍주는 그런 존재였으니까. 그래서 곁에 있고 싶었으니까.

현호는 매일 목발로 걷는 연습을 했다. 이제는 꽤 빠른 속도로 걸을 수 있었다. 더는 뒤처지고 싶지 않았다. 너무 많은 순간을 뒤처져 왔기에, 아무것도 하지 못하는 기분을 너무 알기에, 벗어나고 싶었다. 이제 자신도 그게 무엇이든 잘 이겨내고 싶었다. 일화는 그런 현호의 재활을 도와줬다. 두 사람은 이 기지에서 유일하게 홍주가 돌아올 거라 믿는 사람들이었다. 아무도 홍주의 귀환을 기대하지 않았음에도.

현호와 일화가 전방기지에 다시 귀환했을 때, 가장 먼저 들은 소식은 최근 폭격 작전이 대성공이었다는 이야기였다. 적군에 엄청난 피해를 줄 수 있었다고, 전우들은 기뻐했다. 현호는 그 이야기에도 기뻐할 수가 없었다. 그날부터, 현호는 홍주가 돌아오지 않을까 매일 기다렸지만 일주일이 지나도 홍주는 도착하지 않았다.

그렇게 대규모 폭격이 끝난 지 열흘하고 하루가 더 지난 날이었다.

기지로 귀환한 래빗은 홍주 혼자였다. 지칠 대로 지쳐버린, 손과 발에 상처가 가득한 모습으로 홍주가 돌아왔다. 홍주가 기지에 도착하자 부대 내 모든 이들이 기뻐했다. 현호는 절뚝거리며 가장 먼저 달려와 안았다. 늘 그랬듯 현호의 모든 걱정이 순식간에 사라졌다. 함께 숙소를 쓰던 소녀들도, 미군들도, 존 소위도 살아 돌아온 홍주를 진심으로 환영했다. 일화는 승희를 끌어안고 홍주가 죽지 않았음에 기뻐하며 방방 뛰었다. 승희 역시 묵직했던 마음이 녹는 것을 느꼈다. 누군가의 생존이 이렇게나 힘이 되는 시대였다. 독한 년 홍주는 이제 '기적'이라고 불렸다.

기적 같은 귀환을 축하해 주는 사람들 사이에 둘러싸여 홍주는 계속 눈물을 흘렸다. 부대 사람들은 성공한 폭격 작전과 그 작전에서 기적처럼 살아남은 홍주까지 겹경사라고 말했다. 곧 이 지긋지긋한 전쟁도 끝나고 말 것이라고 했다. 신난 사람들 사이에서 홍주만이 서럽게 울고 있었다. 일화도, 현호도, 웃으며 홍주의 눈물을 닦아주었다. 안도의 울음으로 생각하는 듯했다.

아니었다. 경사라고 말하는 대원들의 웃음소리와 박수갈채, 그런 것이 홍주의 귀에는 하나도 들리지 않았다. 대규모 폭격이 내리던 날이 선명히 떠올라 끔찍할 뿐이었다. 그리고 흰 눈 위에 선명한 핏자국. 홍주는 유경이 보고 싶었다. 그래서 자꾸 눈물이 났다.

홍주가 돌아온 지 얼마 지나지 않아, 기지 내에서 합동결혼식이 열렸다. 단출하지만 그래도 일곱 쌍의 연인들이 공식적으로 부부가 됨을 선포하는 날이었다. 오랜만에 기지에 모두의 웃음소리가 들렸다. 전쟁 중이지만, 찾을 수 있는 희망들이 있었다. 현호는 준오의 하객으로, 홍주는 미진의 하객으로 참석했다. 아직 몸이 성하지 않은 홍주를 일화가 부축했다. 열네 명의 젊은 연인들은 각자의 짝에게 미래를 약속했다. 홍주는 그들을 보며 박수를 쳤지만, 정작 자신은 어떤 미래를 살아야 할지 막막했다. 전쟁이 끝나면 무엇을 해야 하지. 미래를 꿈꾸던 유경은 이제 없는데, 홍주는 스스로 어떤 미래도 그리지 않고 있었음을 깨달았다. 지켜야 할 사람도, 해내야 할 것도 없었다. 미래의 행복을 약속하는 그들 사이에서 홍주는 섬이 된 것처럼 멀어지고 있었다.

그때, 미진이 홍주에게 다가왔다.

"만져볼래?"

"어딜요?"

미진은 당황한 홍주의 손을 끌어당겨 자신의 배 위에 올려두었다. 꿀렁하고 배가 움직였다.

"우리 아이야. 올해 봄에 태어날 거래."

홍주는 태동이 신기한 듯 미진의 배를 쓰다듬었다. 동시에 미진은 홍주의 머리를 쓰다듬었다.

"고생했어, 돌아오느라. 네가 돌아오는 걸 보면서 난 늘 준오도 너처럼 돌아오겠다고 생각하면서 버틸 수 있었어. 고마워."

배 속의 아이도 감사 인사를 하는지, 홍주가 쓰다듬고 있던 쪽으로 한 번 더 꿀렁했다.

[전쟁 직후, 홍주의 마을, 가을]

어느 나라의 수장이 죽었다는 소식이 봄에 들려오더니, 지긋지긋했던 전쟁은 정말 끝날 기미가 보이기 시작했다. 수많은 피가 흘렀던 그 전쟁은 붉은 도장 몇 번에 끝이 났다.

첩보 대원들은 모두 해산을 명 받았다. 모두가 뿔뿔이 흩어졌다. 군번도 없고, 명단도 지워졌다. 첩보 작전에 참여한 모든 이들은 그렇게 지워졌다. 아무 일도 없었던 것처럼. 첩보는 그 이름처럼, 몰래 이뤄져야 했던 일인 만큼 아무 증거도 남지 않아야 했다. 이제 누구도 기억하지 못할 것이다. 홍주가 캐비닛에 새긴 바를 정 자의 이름을 모두 잊어버린 것처럼. 그렇게 유경의 이름도 세상은 잊어버리게 될 것이리라.

"홍주 언니 어디로 가요?"

일화가 홍주에게 물었다. 홍주는 아무리 생각해도 갈 곳이 없었다. 윤옥이 있던 고향도, 유경이 있던 공연장도, 아군의 기지 숙소도, 이제 어느 곳도 홍주에게 돌아갈 곳은 아니었다.

"글쎄? 어디든 발 닿는 곳으로. 여태 너무 가라는 곳으로만 갔잖아."

그래서 홍주는 전쟁이 끝나고 갈 곳을 잃고 방랑했다. 부족한 생활비는 미군에서 준 보급품을 팔아서 충당했다. 홍주는 여름이라는 하나의 계절이 끝나는 동안, 어디로 가야 할지 정하지 못했다. 발길이 닿는 대로 움직였다. 이래서 그랬구나. 홍주는 유경이 전쟁이 끝난 후에 하고 싶은 것을 생각해 놓으라고 했던 이유를 새삼 깨달았다. 유경은 늘 상상하라고 말했다. 한 번도 해본 적이 없던 일이라, 밤에 나란히 잠들 때면, 유경은 홍주에게 상상하는 법을 알려주기도 했다. 그리고 자기가 이렇게 상상하는 법을 말해주는 상상을 하는 것이 웃긴다며 까르르하고 웃었다. 특유의 해맑은 웃음이었다. 방랑의 끝에서 홍주는 그날을 떠올리며 전쟁이 끝나면 가고 싶었던 곳들을 상상했다.

홍주는 유경이 말해준 방법대로 상상했고, 그 상상 속에는 홍주의 고향이 있었다.

언젠가 유경이 말했다.

"네가 상상하는 곳에 네가 갈 수 있으면 좋겠어. 나는 내가 상상하던 무대에 다시 돌아갈 거니까. 그렇게 각자 상상하던 곳에 갔다가 다시…… 동무로 만날 수 있으면 좋겠어."

따뜻한 차, 일렁이던 촛불의 움직임, 유경의 눈빛, 창고 위로 내리던 눈의 소리. 행복해지는 장면들이 머릿속을 가득 채웠다. 홍주는 어디로 가야 할지 마침내 마음을 정했다.

그런 마음으로 돌아온 고향이었다. 예전 그 모습 거의 그대로였다. 과거, 폭격의 흔적은 어느새 지워지고 있었다. 홍주는 자신이 생활하던 움집에 도착해서 찬찬히 살펴보았다. 3년이 지났는데도 꽤 깨끗했다. 그때 윤옥의 어머니가 움집으로 찾아왔다. 3년 전보다 마른 듯한 윤옥의 어머니는 홍주를 보자마자 북받친 듯 눈물을 흘리며 두 팔을 벌렸다. 홍주는 머뭇거리며 그 자리에 서 있었다.

"괜찮아, 아가야. 기다리고 있었어."

그 말에 홍주는 천천히 다가가 윤옥의 어머니 품 안에 안겼다. 윤옥의 어머니는 전쟁이 끝났는데도 홍주가 돌아오지 않아 걱정했다고 했다. 윤옥의 사망 소식은 이미 들은 지 오래인데, 홍주는 다른 집 딸이라 소식조차 안 보내주는 줄 알고 하루하루가 걱정이었다고, 너를 걱정하느라 이리 살이 다 빠졌다고 말이다. 그 품 안에서 홍주는 죄송하다며 서럽게 울었다. 그에 대한 답으로 윤옥의 어머니는 다시 한번 힘주어 홍주를 품안 가득 빈틈없이 안았다.

살아 돌아와 줘서 고맙다는 뜻이었다.

드디어, 홍주의 전쟁이 완전히 끝났다.

〔혜화 국극단, 공연장, 봄〕

"여기야! 여기!"

현호는 공연장 앞에서 손을 크게 흔들고 있었다. 마치 주인을 기다리던 강아지처럼 해맑은 표정이었다. 그런 현호의 옆에는 일화가 서 있었다. 어엿한 여인의 자태였다. 세 사람이 만난 곳은 혜화 국극단 공연장 앞이었다. 최근에 혜화 국극단 공연은 표를 구하기 어려울 정도로 유행하는 공연이 되어 있었다. 며칠 전, 현호는 자신이 유행하는 국극단 공연 표를 구했다며 함께 보자고 갑작스레 연락을 해왔다. 현호는 유경에 대한 이야기는 전혀 몰랐다. 홍주는 그날 이후로 유경의 이름을 그저 마음속에 새길 뿐이었다. 홍주는 순수하게 공연을 같이 보자고 연락해 온 현호에게 '알겠다'라고 답했다. 이제 봄이 왔으니까.

현호는 어느 여학교에서 영어 선생님으로 일하고 있었다. 책을 읽고, 아이들과 함께하는 일이 정말 즐겁다고 말했다. 일화는 전쟁이 끝나자마자 간호학교에 입학해 간호사를 준비하고 있었다. 그리고 여전히 까르르 웃었다.

"전쟁 중에 적성을 찾은 것 같다니까."

한편, 홍주는 고향에서 농사를 지었다. 윤옥의 어머니와 함께. 노력한 만큼 생명을 그대로 돌려주는 농사는 홍주에게 필요한 일이었다. 아무리 노력해도 생명을 잃기만 해왔던 홍주가 간신히 찾은 평온한 일상이었다. 이따금 홍주는 유경을 떠올렸다. 최대한 천천히 놓아주고 있었다. 떠나간 아이들의 이름 중에서 조금은 더 기억해 두고 싶었다.

전쟁이 끝나고 너무 쉽게 모든 이들의 이름이 사라졌다. 첩보부대였기에 군번줄도 없고, 명단조차 남지 않아서, 아무도 그들이 첩보대원이었다는 것조차 몰랐다. 이제는 국가조차도. 홍주가 군대를 나오면서 가지고 나온 것이라고는 미제 보급품이 다였다. 그들이 그곳에 있었다는 것을 증명해 줄 것은 아무것도 남아 있지 않았다. 심지어 현호는 제대 후 다시 입대해야 한다는 영장을 받기도 했다. 다친 발이 면제 조건이 되어 다행히 재입대는 면했다. 쉽게 잊기엔 너무 많은 이름이라, 제대하기 직전, 마지막으로 홍주는 자신의 캐비닛에 있던 바를 정 자의 숫자를 세었다. 그리고 그 숫자를 영원히 기억하기로 했다.

3년간의 전쟁이 끝나고, 그렇게 모두의 상처는 조금씩 아물고 있었다. 잊히든, 잊어버리든, 새로운 기억으로 덮든. 그러니 홍주는 국극 공연을 보아도 괜찮을 거라고 생각했다. 공연장 앞에서 오랜만에 마주한 현호와 일화를 보니 더욱 괜찮아진 마음을 마주할 수 있었다. 공연 시작 전에 셋이 크게 웃으며 이야기를 나누었다. 서로가 자신의 이야기를 하겠다며 목소리를 키우는 꼴이 애들 같았다. 그토록 그리워하던 일상이 되돌아온 것이다.

홍주는 정말 오랜만에 공연장이어서인지 긴장감을 느꼈다. 동주와 같이 왔던 그날이 떠올랐다. 참 재밌었는데. 그런 상념에 빠질 무렵, 안내원이 공연의 시작을 알렸다. 관객석의 조명이 꺼지고, 무대 위에만 조명이 켜졌다. 전 공연이 매진된 혜화 국극단의 공연인 만큼 관객들 모두가 집중했다. 환한 조명 아래로 배우들이 등장했다. 배우들은 무대 위에서 반짝거렸다. 소리와 춤, 무대가 모두 아름다웠다.

"호접몽을 꿀 수 있나 내가 만일에 님을 못 보고 옥중고혼이 되거드면 생전 사후 이 원통을 알아줄 이가 뉘 있드란 말이냐. 아이고 답답하여라. 내 일이야 이를 장차 어쩔거나 아무도 모르게 설리 운다."

〈옥중화〉의 마지막 절정에서 홍주는 유경의 아지트를 떠올렸다. 상상할 수 있었다. 무대 위의 유경을.

공연이 끝나고 홍주는 현호, 일화와 함께 근처 식당에 들어가 따뜻한 밥을 먹었다. 거리에는 사람들이 넘치고, 아이들이 웃으며 뛰어다닌다. 하늘 위에는 비행기 소리가 들리지 않고, 땅 위에는 군용 트럭의 진동도 느껴지지 않는다. 진정한 봄이 찾아온 것이다.

그리고 그날 홍주는 무대 위에서 남역 주연을 하는 유경을 본 것도 같았다. 그것이 상상인지, 아닌지, 어느 쪽도 확신할 수는 없었다.

〔끝〕

한국전쟁 당시에 소녀 첩보원이 있었다는 사실을 2020년 한 예능 프로그램에서 처음 알게 되었습니다. 그전까지는 존재조차, 아니 그런 일이 있었다는 상상조차 해본 적이 없었습니다. 그날 한국전쟁에 대해서 얼마나 많이 모르고 있었는지 깨달았습니다. 일종의 반성처럼, 그 전쟁 뒤에 사라진 이야기들을 재조명하고 싶다는 마음에 이 이야기가 시작되었습니다.

이 이야기를 시작하기 위해 논문과 도서, 뉴스 기사, 인터뷰들을 꼼꼼히 읽었습니다. 그렇지만, 빈틈이 참 많았습니다. 켈로 부대, 그중에서도 소녀 첩보원들에 관련한 연구나 자료가 많지 않았거든요. 그래서 이 이야기는 실제 역사적 사실을 모티브 삼고 있으나, 분명한 허구이며 모든 빈틈은 제 상상으로 채웠습니다. 제 상상 속이나마 심각한 오류가 있다면 지적해 주시면 좋겠습니다. 그러한 지적을 통해 저를 비롯해 그 시대를 제대로 알지 못하는 이들에게 숨겨진 이야기들이 제대로 알려진다면, 그것만으로도 충분할 것 같습니다.

전쟁 중 서로의 감시자로 만날 수밖에 없던 홍주와 유경이 동무가 되어가는 이야기를 통해, 미래를 상상하는 힘이 어떤 의미가 있는가를 전하고 싶었습니다. 전쟁 중이기에 모든 것들이 쉽게 사라지던 시대를 되돌아보며, 그 시대여서 잃어버린 것들을 고민했습니다. 너무 많은 것들을 잃어버린 시대를 한 가지 단어로 정의할 수는 없었습니다.

오랜 고민 끝에, 제 마음은 미래를 택했습니다. 꿈을 이루는 미래, 연인과 평생 함께하기로 약속한 미래, 가족들과 살 부대끼며 살아가는 미래. 어떠한 미래든 그조차 상상할 수 없다면 어떨까요?

여러 상황들로 인해 우리는 미래를 상상하는 방법을 잊기도 합니다. 과거에도, 현재에도 말이에요. 그렇지만, 우리는 늘 더 나은 미래를 상상해 낼 수 있다는 것을 잊지 않았으면 좋겠습니다. 홍주가 끝내 상상하고 찾아내었던 미래처럼, 독자분들도 꼭 만나고 싶은 미래를 상상해 보시길 바랍니다. 그리고 꼭 그 미래에 가닿으시길 응원하겠습니다.

《래빗》의 장점을 봐주신 심사위원분들, 더불어 늘 응원으로 제가 더 나은 미래를 상상할 수 있게 해주는 가족들에게 감사의 말을 전합니다.

2023년 4월

고혜원 드림

래빗

2023년 8월 16일 초판 1쇄 발행

지은이 고혜원
펴낸이 박시형, 최세현

책임편집 김혜정 **디자인** 정아연
마케팅 권금숙, 양근모, 양봉호, 이주형 **온라인홍보팀** 신하은, 현나래
디지털콘텐츠 김명래, 최은정, 김혜정 **해외기획** 우정민, 배혜림
경영지원 홍성택, 김현우, 강신우 **제작** 이진영
펴낸곳 팩토리나인 **출판신고** 2006년 9월 25일 제406-2006-000210호
주소 서울시 마포구 월드컵북로 396 누리꿈스퀘어 비즈니스타워 18층
전화 02-6712-9800 **팩스** 02-6712-9810 **이메일** info@smpk.kr

쌤앤파커스(Sam&Parkers)는 독자 여러분의 책에 관한 아이디어와 원고 투고를 설레는 마음으로 기다리
고 있습니다. 책으로 엮기를 원하는 아이디어가 있으신 분은 이메일 book@smpk.kr로 간단한 개요와 취
지, 연락처 등을 보내주세요. 머뭇거리지 말고 문을 두드리세요. 길이 열립니다.